坂口安吾——文学与批判

坂口安吾文学と批判

李慧 著

华中科技大学出版社
http://press.hust.edu.cn
中国·武汉

图书在版编目（CIP）数据

坂口安吾：文学与批判/李慧著. —武汉：华中科技大学出版社，2023.10
（外语教学与研究文库）
ISBN 978-7-5772-0039-2

Ⅰ.①坂… Ⅱ.①李… Ⅲ.①坂口安吾－文学研究 Ⅳ.①I313.065

中国国家版本馆 CIP 数据核字（2023）第 179873 号

坂口安吾 —— 文学与批判 　　　　　　　　　　　　　　　　李　慧　著
Bankouanwu — Wenxue yu Pipan

策划编辑：刘　平
责任编辑：刘　平　神田英敬
封面设计：廖亚萍
责任校对：张汇娟
责任监印：曾　婷

出版发行：华中科技大学出版社（中国·武汉）　　电话：（027）81321913
　　　　　武汉市东湖新技术开发区华工科技园　　邮编：430223
录　　排：孙雅丽
印　　刷：广东虎彩云印刷有限公司
开　　本：710mm×1000mm　1/16
印　　张：12　插页：2
字　　数：202 千字
版　　次：2023 年 10 月第 1 版第 1 次印刷
定　　价：68.00 元

本书若有印装质量问题，请向出版社营销中心调换
全国免费服务热线：400-6679-118　竭诚为您服务
版权所有　侵权必究

凡例

　＊　本書では『坂口安吾全集』（筑摩書房、1998年5月〜2012年12月）を使用した。
　＊　引用部分における傍線はすべて論者によるものである。
　＊　引用に際して旧字体を新字体に変換し、ルビを適宜削除した。

目次

序章　　001
1　坂口安吾という作家　　001
2　日本における「アジア太平洋戦争」とは　　002
3　先行研究と考察対象　　006
4　研究方法　　010

第1章　坂口安吾の「アジア太平洋戦争観」（1931年〜1945年）　　011
1　『盗まれた手紙の話』における皇国史観批判Ⅰ　　015
2　『イノチガケ』における皇国史観批判Ⅱ　　033

第2章　戦時から戦後へ　　056
第1節　坂口安吾における戦後社会の「実相」（1945年〜1950年）　　063
1　『白痴』における〈明日の希望〉の意味　　063
2　『外套と青空』における「家制度」否定　　077
3　『女体』における肉体の敗北が意味するもの　　089
4　『不連続殺人事件』と法律改正の問題　　106

第2節　坂口安吾における「再軍備」反対（1950年〜1955年）　　122
1　『明治開化安吾捕物帖』の「狼大明神」における〈神〉の意味　　122

  2 『神サマを生んだ人々』における天皇制批判 140
  3 『狂人遺書』における再軍備批判 156

終章 176
参考資料 178
あとがき 185

序章

1　坂口安吾という作家

　坂口安吾は、本名を坂口炳五という。1906年に新潟県新潟市に生まれ、13人兄弟の12番目であった。1931年1月に処女小説『木枯の酒倉から』で文壇デビューし、6月に『風博士』を発表したことで、一躍新進ファルス作家として注目されるようになった。戦後、『堕落論』、『白痴』などで人気を集め、文壇の地位を築いた。それ以外に、歴史小説と推理小説も多産している。1955年に脳出血で急死した。

　アジア太平洋戦争中、日本帝国政府は、順調に対外侵略戦争を強行するために、天皇制を中軸とする国民思想統合を進めていた。それに伴い、治安維持法、国家総動員法、言論・出版・結社等臨時取締法などが整備強化された。このような厳しい政治環境の中、体制に迎合する作家もいれば、抵抗する作家もいた。安吾の場合はどうだろうか。安吾は、真珠湾攻撃を実行した「九軍神」を称える『真珠』（1942年）を発表し、また『鉄砲』（1944年2月）の中で、「飛行機をつくれ。それのみが勝つ道だ」と叫んだことで、時局に合わせた嫌疑が持たれたが、全体的に安吾には、あえて時局に合わせたような作品はあまり見られない。

しかも、戦争末期に近づけば近づくほど創作数が少なくなっている。このような状況から見ると、安吾には、厭戦情緒があったのではないかと考えられる。

敗戦後、安吾は、旺盛な創作力を示し、太宰治、織田作之助、石川淳らと共に、無頼派と呼ばれ、アメリカが主導して施行した民主改革、民主憲法を歓迎する言論を発表した。朝鮮戦争勃発後には、再軍備反対の姿勢も示している。晩年、『安吾の新日本地理』（1951年）、『安吾史譚』（1952年）などを創作するために実地調査し、「安吾歴史」を創作しようとしたものの、安吾自身の急死でその歴史像が完全に見えなくなったのは残念である。自分なりの歴史観を作ろうとするのは、おそらく「天皇制」反対、ひいては再度の戦争への憂慮から生まれた考えだと思われる。

では、なぜ今この時期に「坂口安吾文学における戦争観」を取り上げるのか。

日本では、2013年、安倍晋三が総理任期中に靖国神社を参拝し、国内外、特にかつて日本の侵略で被害を被ったアジア諸国より批判の声を浴びた。また、近年、安倍首相が憲法改正を着実に進めようとする一連の動きに対し、国内外で賛否両論の声が上がっている。こうした世界中から注目を浴びた行動は、いずれもアジア太平洋戦争と深く関係している。戦争からすでに数十年が経過したとはいえ、戦争責任の件になると、その認識の相違から、中日両国の間には必然的に隔たりが生じ、それは両国関係に直接影響する。

坂口安吾は、近年中国でも有名になり始めたものの、あまり研究されていない。安吾の文学を研究することは、日本国民の大多数を代表する作家、あるいは侵略した側の戦争文学に、どのように厭戦・反戦が描かれたかを判明させることが期待できる。

2　日本における「アジア太平洋戦争」とは

日本がかつて発動した1931年から1945年にかけての戦争は、戦時下には「大東亜戦争」、終戦後、アメリカの命令に従って「太平洋戦争」、一九五〇年代には「十五年戦争」、また一九八〇年代には「アジア太平洋戦争」と呼ばれて

きた。この一連の呼称の変化に、日本人のこの戦争への見方が示されている。

　「十五年戦争」という呼称は、1956年に鶴見俊輔によって提唱されたものである。鶴見は、その理由について、「この戦争を一九三一年に始まった『満州事変』からの不連続のようにみえて連続する戦闘状態の脈絡のなかにおくためでした」[1]と語っている。そして、江口圭一は、それを継承し、その著書『十五年戦争小史』の中で「十五年戦争」を三つの段階に分けている。第一段階は、1931年9月18日の柳条湖事件をきっかけとする九一八事変、第二段階は、1937年7月7日の盧溝橋事変を発端とする中日全面戦争、第三段階は、1941年12月8日の真珠湾攻撃で始まった太平洋戦争である。終戦直後に呼ばれていた太平洋戦争は、江口の本によれば「十五年戦争」の第三段階にすぎないこととなる。

　十五年戦争は、結局、日本の敗戦で終結したが、日本側はアジア諸国に負けたとは思っておらず、米英に対する敗戦であったという認識が強い。その関係から、鶴見が指摘したように、この戦争はアメリカに対する戦争であったと見なす傾向がある。

　　日本敗北に続く年月に、日本人は米国政府から貸与された眼鏡を通して過去を見て、この戦争を主として米国に対する戦争として考えるようになり、こうして、中国との戦争という脈絡からこの戦争を切り離すようになりました。そうすることによって、日本人は、長いあいだ軍事上の弱者として見てきた中国に敗けたという不名誉な事実を見ないですますことができました。[2]

　十五年戦争という呼称の定着には、戦後、日本がこの戦争をアメリカに対する戦争と見なすこと、また中国への責任逃れや蔑視に対し、強い批判を込めた点が伺える。

　その後、「アジア太平洋戦争」という呼称が1984年に副島昭一によって提

---

[1] 鶴見俊輔『戦時期日本の精神史：1931〜1945年』岩波書店、1991年10月、81頁。
[2] 同上。

唱され始めた[1]。副島は、第二次世界大戦がヨーロッパ戦線とアジア・太平洋戦線に区分されている考え方からこの名称を提唱したのである。この「アジア太平洋戦争」という呼称は現在定着している。

アジア太平洋戦争は、日本が民族主義の元で行った対外侵略戦争である。侵略の範囲は、中国、東南アジア、太平洋の島々などが含まれている。日本はこの戦争で加害者と被害者を同時に演じ、アジア諸国と自国に甚大な人的、物的被害を与えた。その中でいうまでもなく中国が蒙った被害は最も甚大であり、中国の死傷者数は3500万人（庶民と軍人）である。太平洋戦争における日本の死者数は、厚生省の発表によると310万人（軍人軍属230万、沖縄住民を含む在外邦人30万人、内地50万人）[2]となっている。また、戦争末期、広島・長崎に原子爆弾が投下されたことで、世界で唯一の被爆国となり、広島・長崎の人々には世界で初めての悲惨な体験を負わせたのである。

戦後、アメリカは日本統治の便宜のため、日本の戦争責任を追及しなかった。十五年間の戦争は、天皇の名により行われたにも関わらず、終戦時、天皇の戦争責任が追及されないばかりか、退位さえしなかった。また、戦争責任問題について、日本政府が全く反省していない証拠の一つとして、南京大虐殺についての記述が挙げられる。外務省のホームページには、

> 日本政府としては、日本軍の南京入城（1937年）後、非戦闘員の殺害や略奪行為等があったことは否定できないと考えています。しかしながら、被害者の具体的な人数については諸説あり、政府としてどれが正しい数かを認定することは困難であると考えています。[3]（括弧原文）

---

[1] 安井三吉「『十五年戦争』と『アジア太平洋戦争』の呼称の創出とその展開について」『現代中国研究』37号、2016年5月、90頁参照。

[2] 中村隆英ら編『史料・太平洋戦争被害調査報告』東京大学出版会、1995年8月、11頁参照。

[3] 外務省 https://www.mofa.go.jp/mofaj/area/taisen/qa/ （2019年5月10日閲覧）。

と書いてある。これはユダヤ人虐殺の歴史に対するドイツの態度とは完全に異なるものである。数字の正確さに拘る観点から、日本は責任を逃れる傾向にある。さらに、1978年になると、東京裁判でA級戦犯とされ処刑された東条英機元首相ら14人が、靖国神社に合祀された。その後、中曽根康弘元首相、小泉純一郎元首相、安倍晋三元首相が在任中に靖国神社を参拝している。首相在任中の靖国神社参拝には、侵略戦争を美化する疑いが持たれる。

一方、中国側の抗日戦争観はどのようなものであろうか。先述したように、アジア太平洋戦争に対する日本側の呼称の変化には、中国およびアジア諸国への蔑視が滲んでいる。戦争末期、空爆、原爆を経験した日本は、強大な軍事力を持つアメリカに屈服し、そこから中国とアジア諸国の抵抗を無視する傾向が生じた。しかし、中国側の必死の抗日戦争のおかげで日本の南進政策が破壊され、世界反ファシズム戦争に大きな貢献をしたことは言うまでもない。

> 中国は世界反ファシズム闘争の主要戦場の一つであった。中国のこの主要戦場があったが故に、東方における反ファシズムの勝利があったのである。最も多くの日本軍と交戦したのは中国である。（略）太平洋戦争勃発後も、日本陸軍の主力は中国戦場に展開していた。中国が殲滅した日本軍の数は最も多い。（略）中国は、日本ファシズムに勝利するために二千余万人もの死者を出し、最も高い代価を支払ったのである。[1]

中国戦線では、特に1937年の中日全面戦争勃発後、中国が日本を牽制したことで、同盟国がファシズム諸国と戦うための、より有利な戦場を作り出し、その後の勝利へと導くことに大きく貢献したのだという観点である。

このように、戦争責任や歴史認識への違いがあることから、中日両国に摩擦が生じるのは避けられないことだと言える。

---

[1] 劉大年ら編・曽田三郎ら訳『中国抗日戦争史』桜井書店、2002年11月、10頁。

3　先行研究と考察対象

　坂口安吾の先行研究については、内容で分けると、歴史小説の典拠研究、ファルスの意味研究、天皇制研究、安吾の生涯に関する考察などを中心に行なわれている。

　まず、典拠研究については、原卓史がその著書『坂口安吾　歴史を探偵すること』（2013年5月）の中で安吾の歴史小説の典拠を詳しく考察している。

　ファルス研究については、佐々木中が『戦争と一人の作家：坂口安吾論』（2016年）の中で、安吾が果たしてファルスを書き得たかどうかに疑問を呈し、最終的に次のような結論を下している。

>　安吾がみずからの定義になるファルスを書き得なかった理由が。それは、彼がみずからの作品のなかで自分自身を「突き放し」「笑う」ことができなかったからだ。[1]

　また、兵藤正之助はその著書『坂口安吾論』（1972年12月）の中で、安吾研究の等閑にふされる「メタフィジシャン」としての一面について検討し、次のように述べている。

>　彼のそうした形而上学的世界を志向するさまについては、「桜の森の満開の下」という秀作が、「鬼の目の幻想」によって生みだされ、孤独が、見事に形而上化されている（略）。さらにはまた、（略）二十代の坂口が、否定、否定の頂きから、肯定、大肯定の場へと身をひるがえし、彼のファ

---

[1]　佐々木中『戦争と一人の作家：坂口安吾論』河出書房新社、2016年2月、200頁。

クスの世界を現成していった経緯も亦、多分に形而上的世界への志向の表われと考えられるわけ。[1]

　天皇制研究について、柄谷行人は『坂口安吾論』（2017年10月）の中で、天皇制やフロイトと絡めて考察している。
　安吾の生涯については、七北数人がその著書『評伝坂口安吾：魂の事件簿』（2002年6月）の中で、安吾の作品分析ではなく、新潟の坂口家の盛衰、安吾の作家デビューの経緯、青春期の過ごし方、戦中戦後における重要な作品の成立について詳しく考証している。
　しかし、安吾の戦争観について系統的に論じる本は、管見の限りまだない。また、従来の研究では、重要だと思われる作品が多く研究されてきた。たとえば、戦前では、『イノチガケ』（1940年7月）、『真珠』（1942年6月）、戦後では、『白痴』（1946年6月）、『桜の森の満開の下』（1947年6月）、『青鬼の褌を洗う女』（1947年10月）、『夜長姫と耳男』（1952年6月）、『信長』（1952年10月）などについての研究が圧倒的に多い。
　しかし、18巻ある全集の中には、先行研究で触れていない作品がかなりあり、先行研究で触れられたものでも、まだ研究する余地があると思われる作品が少なくない。
　本書ではそのような作品を9篇選んだ。第一章では、短篇小説『盗まれた手紙の話』（1940年6月）、長篇小説『イノチガケ』（1940年7月）を、第二章では、短編小説『白痴』（1946年6月）、短篇小説『外套と青空』（1946年7月）、短篇小説『女体』（1946年9月）、長篇小説『不連続殺人事件』（1947年8月）、中篇小説『狼大明神』（1952年5月）、短篇小説『神サマを生んだ人々』（1953年9月）、長篇小説『狂人遺書』（1955年）を取り上げる。
　確かに、安吾は小説以外に、エッセイや評論なども数多く執筆しているが、小説のみを取り上げた理由は、小説こそ自由に自分の考え方を表現できるのではないかと考えたためである。小説について大江健三郎は次のように述べている。

---

[1] 兵藤正之助『坂口安吾論』冬樹社、1972年12月、298頁。

小説による表現によって、書き手は同時代を支配するイデオロギーから
　　自立し、そのイデオロギーそのものを自由に相対化しうる態度を確立しな
　　ければならぬからである。それは今日のように、あらゆる事実の奥底に隠
　　微なイデオロギーの浸透があって、その総体がわれわれを拘束してくる時
　　代に、小説の表現の持つ独自の意味を、あらためて認識することである。[1]

　戦時下のみならず、戦争直後も日本では言論統制が実施されており、厳しい
検閲下では、時局に合った作品しか発表できなかった。安吾の場合も、小説と
いう形式でしか時局に抵抗できなかったのである。特に、戦時下の、沈黙せね
ばならなかった情勢下で、時局に合わせたふりをするならば、小説が最も便利
な形式であった。自分の不満、文句などを小説の中に隠して表現することは、
大江が述べている「同時代を支配するイデオロギーから自立」できることであ
ろう。
　たとえば、第一章で取り上げる短篇小説『盗まれた手紙の話』（1940年6月）
と長篇小説『イノチガケ』（1940年7月）では、「狂気」という共通点を通して、
明らかに戦争と体制側への皮肉が込められている。「狂気」は、安吾が戦時下
で描いた小説の中で重要なポイントとなるため、「狂気」を代表する小説を分
析することで、安吾の戦時下の思想が見えてくることが期待できる。
　戦時下、特に一九四〇年代以降になると、一部体制側に統制されたくない作
家が歴史小説を書くようになった。そのため、歴史小説には当時の体制側に抵
抗する疑いが持たれている。『イノチガケ』は、安吾の最初の歴史小説であり、
「狂気」という点だけでなく、歴史小説という小説のジャンルから見ても、当
時の「抵抗文学」に入る大事な作品だと考えられる。「狂気」、「歴史小説」
という二要素の組み合わせにより、『イノチガケ』は、戦時下の安吾の「抵抗」
が集約した作品にもなりうるのである。
　第二章では戦後の作品を考察しているが、朝鮮戦争勃発前の作品は主に、終
戦直後の日本の世相下における民主化への道について描かれている。本書の第
一節で四篇取り上げるが、『白痴』（1946年6月）は、戦後への出発の始まり

---

[1]　大江健三郎『小説の方法』岩波書店、1984年10月、154頁。

を象徴する画期的な小説として、安吾文学における重要な位置を占めている。戦前と戦後の分水嶺の役割を果たしているこの小説は、終戦直後、混乱した極限状況の中で、絶望に陥りかけた人々に勇気を与えた作品だと言われている。

次に、『外套と青空』（1946年7月）と『女体』（1946年9月）は、いずれも「解放」を表象すると同時に、「家制度」の崩壊とも関係している。終戦直後、日本で流行していた肉体文学の一環として取り上げることができる。『外套と青空』と『女体』は、安吾の一連の肉体文学の中で、女性が妾ではなく、妻として描かれている作品である。安吾の肉体文学の中では「妾」を描いた作品も少なくない。しかし、本論がなぜ「妻」という点に拘るのかというと、民主改革による「男女平等」という理念によって、「家」は滅亡という結果を迎えるが、不合格な妻であるほど、「家制度」の崩壊を表しやすいのではないかと考えたためである。

最後の『不連続殺人事件』（1947年8月）は、法律改正による殺人事件という点と、一馬家の滅亡という点において、第二節の「解放」と「家制度」の崩壊という主題から外せないものである。同時に、終戦後に流行しはじめた探偵小説というジャンルの一環として、「死」という点において太平洋戦争と関わっているとも言え、安吾の戦争の記憶の表象にもなりうる。もちろん、安吾は、『不連続殺人事件』以外にも探偵小説を書いたが、安吾が完成させた長篇探偵小説の中で、以上の二点をうまく組み合わせた小説という点から言えば、『不連続殺人事件』の右に出る作品はないと思われる。

第二節では、『明治開化安吾捕物帖』（1950年10月〜1952年8月）収録の「狼大明神」（1952年5月）、さらには『神サマを生んだ人々』（1953年9月）、『狂人遺書』（1955年）を論じる。理由としては、この三つの作品は、朝鮮戦争勃発後の、安吾の憂慮がうまく表現された作品だからである。具体的に言えば、『明治開化安吾捕物帖』シリーズは、安吾が明治時代と戦後との共通性を見出し、戦後の世相を託している小説群であり、第二節はこのシリーズから代表的な作品「狼大明神」を選んだ。「狼大明神」は明治期の神社をめぐって展開されるが、その神社は戦時中「国家の祭祀」として「君臨」した「国家神道」と関係がある、また、その神社像には戦後の神道政策をはじめとする宗教政策及び天皇制を映しているとも考えられる。

『神サマを生んだ人々』は、天皇制批判という視点から第一節で論じる天皇制を支えていた「家制度」と呼応する形になりうる。また、戦時下、天皇は、「現人神」として崇められ、軍国主義者に利用されていた。戦後になって「人間」になったものの、朝鮮戦争に直面していた安吾において、その「神サマ」の記憶が再び浮かんできても不思議ではないだろう。小説の題目に「神サマ」を入れた作品は『神サマを生んだ人々』しかないが、その作品の中に、安吾の「神サマ」、つまりかつての「現人神」、ひいては神の名のもとで発動された戦争への、特別な記憶と恐怖が含まれているように思われる。

　『狂人遺書』は、秀吉の朝鮮出兵を主軸としている。これは安吾が亡くなった年（1955年）に完成した作品であり、彼の息子の誕生との関係が否定できないと言われてきた。「遺書」という点では、彼の息子への遺書という意味だけでなく、自分の死後の日本への遺書という意味も含まれている可能性がある。亡くなった年に完成した点と「遺書」という点で、安吾の文学生涯をまとめる役割を果たしていると思われる。

4　研究方法

　本書は、同時代の社会、歴史、政治、文化などテクストを照応させる方法を通じ、作品を一篇一篇分析していく。また、戦時下の安吾の時局への抵抗にせよ、終戦直後の憲法支持と朝鮮戦争勃発後の再軍備反対にせよ、安吾の厭戦・反戦情緒から来たものだという考えから、本書は先行研究を踏まえ、戦時下（1945年まで）、戦後Ⅰ（1945年～1950年）、戦後Ⅱ（1950年～1955年）と時間の順に追いながら安吾の代表作品を分析していく。その上で、安吾の特徴を絞ることが本書の目的である。

第1章

坂口安吾の「アジア太平洋戦争観」
（1931年〜1945年）

　坂口安吾が1931年1月に『言葉』第二号に発表した短編小説『木枯の酒倉から』は、作家安吾の処女作と言える。安吾は1955年に亡くなるまで創作活動をつづけたが、終戦までの作品は戦後10年間の創作量と比べると少ない。もちろん、終戦までの作品が少ないのは、当時の安吾の創作経験の積み重ねが足りない点と関係があるが、戦争の影響も見逃せない。中日戦争から太平洋戦争へと続く間に、日本の戦時体制は次々と更新された。1938年に「国家総動員法」が制定され、1941年には1925年の「治安維持法」が新たな「治安維持法」として改正され、1942年に「大日本婦人会」が結成された。戦時体制が厳格になるたびに、文学への統制も厳しくなっていった。戦時下の言論（思想）統制が安吾の創作に与えた影響が大きかったことは言うまでもない。

　中日戦争前後における安吾の重要な作品と言えば、1938年7月に刊行された書下ろしの長編小説『吹雪物語』である。作品は、安吾の故郷である新潟を舞台としてストーリーが展開される。「自分を拋棄したつもりで」東京から帰郷した主人公の青木卓一と、未亡人の文子、モダンに生きる由子、昔の恋人である古川澄江の三人との恋をめぐる物語である。作品には、「満州国」、

「満州航路」、「舞踏場」、「ピアノ」、「断髪」といった当時を彷彿とさせる近代風のイメージがあふれ、特に中国の東北地方が重要なポイントとなっている。1931年の「九・一八事変」で日本は実質的に中国東北地方を占領したため、中国東北地方が安吾の作品に登場したとしてもおかしくはない。しかし、『吹雪物語』からは、安吾の厭戦、反戦の気持ちは読み取れない。その理由は次の文を読めば明らかである。

1947年、『吹雪物語』が再版された際、安吾は「再版に際して」の中で、この小説を描いたきっかけを以下のように述べている。

> そして私がこの小説を考へたのは、ここに私の半生に区切りをつけるため、私の半生のあらゆる思想を燃焼せしめて一つの物語りを展開し、そこに私の過去を埋没させ、そしてその物語の終るところを、私の後半生の出発点にしようといふ、いわば絶望をきりすて、絶望の墓をつくり、私はそこから生れ変るつもりであつた。[1]

安吾は自分の恋人であった矢田津世子との関係、あるいは自分の過去を清算するために『吹雪物語』を創作したと述べたが、友人であった牧野信一の自殺と関係しているとの研究もある。加瀬健治は、以下のように指摘する。

> 「夢と知性」というサブタイトルには、「知性」による「夢」の創造によって、「自殺の季節」を突破しようとする安吾のテーマがこめられていたのであろう。そこに、安吾は牧野の死を超えて生き抜く可能性を探ろうとしていた。[2]

牧野信一（1896～1936）は、自然主義的な私小説の傍流とみなされ、短編十数編を残しただけで、1936年3月24日に自殺を遂げた。牧野の死が当時の

---

[1] 坂口安吾『坂口安吾全集05』筑摩書房、1998年6月、406頁。

[2] 加瀬健治「坂口安吾「吹雪物語」のモチーフと牧野信一」『昭和文学研究』(38)、1999年3月、33頁。

安吾の創作に与えた影響が大きかった証拠に、安吾は牧野が亡くなった後の一時期、牧野、死、あるいは自殺に関する作品を少なからず描いている。たとえば、『牧野さんの死』（1936年5月、エッセイ）、『牧野さんの祭典によせて』（1936年5月、エッセイ）、『母を殺した少年』（1936年9月）、『老嫗面』（1936年10月）、『お喋り競争』（1936年12月）、『手紙雑談』（1936年12月）、『女占師の前にて』（1938年1月）、『南風譜』（1938年3月）、『本郷の並木道』（1938年6月）、『木々の精、谷の精』（1939年3月）などである。おそらく、『吹雪物語』の誕生は、安吾の元恋人である矢田津世子と友人の牧野の両方に大きな関係があり、戦争を主要テーマとして書こうとしたわけではないと考えられる。しかし、『吹雪物語』では安吾の今後の創作傾向に関する伏線を読み取ることもできる。

作品は「一九三×年のことである。新潟も変った。」で展開される。そのことについて、大原祐治は、以下のように指摘している。

> 新潟の変化もまた、「日本中の都会の顔が、例外なしに変ったらしい」という状況の中に還元されるものだとする安吾は、リアルタイムな変化に曝されている自身の〈故郷〉を、物語の舞台に据えているのだ。[1]

「満州航路」のことを合わせて考えると、『吹雪物語』の冒頭の「一九三×年」の具体的な時間は九・一八事変後と考えられる。花田俊典によると、安吾が『吹雪物語』を書いた時期は1936年11月28日から1938年5月31日の間[2]であり、ちょうど盧溝橋事件を跨ぐ時期である。1936年の段階では、日本の総動員体制がまだ提起されておらず、各方面の統制も中日戦争突入後のように厳しくはなかった。そのような情勢下であれば、安吾はまだ、戦争による生活上の様々な不便を感じていなかったことが推測できる。この意味で、『吹雪物語』は、安

---

[1] 大原祐治「坂口安吾『吹雪物語』論序説―〈ふるさと〉を語るために」『日本近代文学』（62）、2000年5月、89頁。

[2] 花田俊典「「吹雪物語」序説―坂口安吾における知性敗北の論理」『文学研究』（77）、1980年3月。

吾の、戦争に「自由」を奪われていなかった段階の心象風景となりうる。『吹雪物語』の完成後、1939年11月の短編小説『総理大臣が貰った手紙の話』の頃、はじめて明らかな戦時体制への批判が表れた。安吾は、この作品の中で、精神病というイメージを利用して戦争を皮肉っている。したがって、戦時下における安吾文学の思想上の境界線は『吹雪物語』だと言える。

　1937年7月7日、盧溝橋事件の勃発で中日戦争は新段階に入り、1937年12月13日には南京大虐殺事件が起きた。戦争の進行に従い、戦争文学や国策文学が台頭しはじめる。香川県で壊滅的打撃を受けた農民組合の再建を描く島木健作の『再建』（1937年）と南京大虐殺事件を題材にした石川達三の小説『生きている兵隊』（1938年）は発禁処分となった。同時に、火野葦平の『麦と兵隊』（1938年）は200万部の売上をなしたほどの文学的成功を遂げていた。この二つの対照的現象は、中日戦争が新たな段階に入ったころの国策における文学の反映に過ぎない。平野謙は、次のように指摘する。

　　　大体、戦時中の芸術的抵抗は、これを三つに大別することができる。私小説（およびそのヴァリエーション）と歴史小説と風俗小説の三方向がそれである[1]（括弧原文）

　坂口安吾も例外なしに歴史小説を創作することで戦時体制に抵抗していた。終戦までの安吾の歴史小説には、『イノチガケ』（1940年7月）、『真珠』（1942年6月、歴史小説かどうかは議論が分かれる）、『黒田如水』（1943年12月）がある。数は多くないが、『イノチガケ』は戦後安吾の歴史認識の源流として、安吾の歴史小説創作の土台となる。

　本章は、『吹雪物語』の後に書かれた戦争観を反映していると考えられる『盗まれた手紙の話』と代表的な歴史小説『イノチガケ』を分析することで、戦時下の戦争に対する安吾の態度はいかなるものであったかを検討していきたい。

---

[1] 平野謙『昭和文学史』筑摩書房、1973年6月、237頁。

1　『盗まれた手紙の話』における皇国史観批判Ⅰ

　『盗まれた手紙の話』は、坂口安吾が 1940 年 6 月に「文化評論」第一巻第一号に発表した短編小説である。作品は精神病患者を主人公として物語が展開されている。精神病という構想は、安吾の親友である牧野信一が発狂して亡くなったことに触発されたことと関係がないとは言い切れない。しかし、本作品の特徴として、作品に登場する精神病患者は、一般の読者の頭に浮かぶ風変りで、気が狂った人ではなく、わりと聡明そうに見える人物である。そして、精神病院外の健常者の方が逆に異常そうに見える。

　安吾のこのような逆転的な構想は単なる偶然なのか、それとも特別な意味が含まれているのかは疑問である。この作品に関する先行研究については、私見のかぎり、山路敦史が安吾と武蔵野との関係について分析した論文の中で言及したに過ぎない。山路は、その論文の中で『盗まれた手紙の話』における武蔵野は、「既に失われたものとして語られる」としている。

> 「盗まれた手紙の話」は、単に〈武蔵野〉を抽象的な〈故郷〉として普遍性で彩ろうとしたのではなく、〈武蔵野〉と〈故郷〉との連関を認めつつも、〈武蔵野〉のそのような機能に焦点を当てることに留め、〈武蔵野〉を通じて〈故郷〉を語ったのである。[1]

　このような、精神病院、精神病患者、および精神病がそれぞれ作品の中でどのように表象されているのか、本論で検証していきたい。

---

[1] 山路敦史「坂口安吾と〈武蔵野〉─「木枯の酒庫から」「竹藪の家」から「盗まれた手紙の話」「風と光と二十の私と」まで」『坂口安吾研究』第 4 号、2018 年 12 月、107 頁。

一、精神病院内外の表象

　精神病院に入院している主人公は、自分が精神病患者であったが、株を予言できるという手紙を無差別に院外のある仲買店に捨て置き、結果、彼の予言を信じる健常者が現れる。健常者は主人公の予言に従って勝馬に賭けたが、惨敗を喫する。健常者が精神病患者の話を信じること自体、不思議な感覚である。では、そもそも精神病院に入院している主人公、樫の葉の御人とは、どのような患者であるのか。

　まず、彼は手紙の中で、自分の身分、自分が精神病院に入院させられた経緯、予言能力などについて詳しく記述する。彼は、「自分は精神病院の入院患者ではあるけれども、必ずしも精神病者ではない」とし、院内において、自分は「三分ぐらいは患者として、残りの七分はほぼ同室の患者達を看護する者の立場として」存在しているとした。彼が精神病院に送られた原因も発狂などとは一切関係なく、兄から盗んだお金で女遊びをしたせいであった。入院後、「修養に心を砕いた」とある。ハンコまで押されている精神病患者の手紙は、「一字一画ゆるがせにしない正しい楷書で最後まで乱れを見せず清書してある」、「文字の書誤って直したところがたった六個所あるだけ」であった。

　また、彼の手紙を信じた健常者である深川オペラ劇場の主人と面会した時、精神病患者が病院を退院できる法規を詳しく説明し、自分が精神病院を退院するための費用を細かく計算している。しかも、深川オペラ劇場の主人に自分の予言能力を信じさせるための説得ぶりが極めて綿密である。主人公の話運びのうまさに、「日本の外交が下手だなど噂になるのは、これはもう外交官がみんな正気のためである」と深川オペラ劇場の主人が感心したほどであった。このように、特に指摘がなければ、手紙を書いた人が精神病患者だとは到底分からない。

　そして、主人公の仲間である精神病院内の患者は、「凡そ精神病院の入院患者ほど、自家の職業を病院内へ持越して、常に不断の修養につとめている者はないのである」。その中で、長編小説を執筆する者いれば、「非凡な宗教的境界に到入した」人もいる。「太陽熱を利用して温室栽培をなす」人もいれば、「釣針の研究に没頭している」男もいる。

この一連のことから、主人公を含め、精神病患者として入院した人のことを精神病患者だと思わせないような「仕組み」が感じられる。

　精神病患者の彼らに対し、健常者を代表する深川オペラ劇場の主人は、主人公の手紙に書いてあった株を予言できる話に騙された。ここでは、健常者の深川オペラ劇場の主人が精神病者に巧妙にだまされることにより、健常者と精神病患者の位置を交換したのではないかとの疑問さえ沸いてくる。深川オペラ劇場の主人が復讐のために暴力団二人をつれて病院に闖入したが、結局満足に復讐できずに済んだことが推測できる。何よりも精神病患者と名乗る人を信用しようとしたところは、深川オペラ劇場の主人の「気が狂った」部分ではなかろうか。

　このように作品の中では、精神病患者が必ずしも狂気ではなく、健常者は必ずしも平常ではない、というイメージが書かれている。では、この作品における精神病患者が本当に患者なのか、健常者が本当に正常なのか弁別できなくなるという設定は、何を意味するのであろうか。

　まず、狂気について、ロイ・ポーターは次のように述べている。

　　狂気の歴史は権力の歴史である。（略）狂気を制御するためには権力が必要となる。<u>狂気は、正規の権力機構の脅威となり</u>、権力について際限のない対話—時には偏執狂的独白—にいそしむ。[1]
　　<u>狂気とは無秩序のことであり</u>、必要なのは抑制をもって錯乱と闘うことである。ここでは例外的に医学的権威が地位や権勢による権威に取って代わらねばならない。[2]

また、佐々木滋子はこのように述べている。

　　<u>狂気は、正常＝規範に対しても逸脱の他の形式に対しても「差異を語る」</u>、つまり他とは異なる自己の特異性を語る＝示す、そして「差異化を

---

[1]　ロイ・ポーター著、目羅公和訳『狂気の社会史』法政大学出版局、1993年9月、61頁。
[2]　同上、74頁。

求める」、つまり他とは異なる反応を要求するという意味で、一種のランガージュである。個々の社会の狂気に対する反応は、この狂気というランガージュに対するその社会固有の応答に他ならない。[1]

つまり、狂気は、権力の脅威となりうる、社会のシステムに統制されていないものと言える。そして、精神病院は、「狂気」という統制されないものを制御するための権力、あるいは社会システムの産物である。作品における精神病患者が社会の枠組からの逸脱者を意味するならば、健常者は社会の規範の服従者を表象すると理解することができる。そして、精神病院という空間は、社会の権力者にとって不都合な人々を収容する場所、あるいは社会に統制されていない空間となる。おそらく安吾は当時の社会の枠組から逸脱できる空間を構想していたのではなかろうか。

『盗まれた手紙の話』が発表された1940年6月という時期は、中日全面戦争勃発の3年後、太平洋戦争突入の1年半前という時期で、戦況はますます厳しくなっていた。中日戦争の激化に伴い、戦争長期化の需要を満たすために、「国民精神総動員」と言論統制の動きが加速した。1937年10月、国民精神総動員中央連盟が結成される。そして、1938年4月には「国家総動員法」が制定され、その実施によって、国のすべての人的・物的・精神的資源が政府に統制されるようになった。国民経済、国民生活は全面的に国家によって介入されることとなったのである。

戦時下、戦死者の情報、物的資源の不足など負の情報にあふれた日常生活の中で、国民に文句がないはずがなかった。戦争の進行によって物資が急速に不足を告げていく中、軍国政府は消費節約に関する通牒を出した。『文部時報史料』は1938年1月21日官会214号の中で「石油及石炭ノ消費節約ニ関スル件」を載せた。また、『朝日新聞』にも生活品不足に関する情報が出ている。

「事変下の女性に与える言葉　物資愛護は先ず婦人から」東京朝刊、1938年

---

[1] 佐々木滋子『狂気と権力──フーコーの精神医学批判』水声社、2007年5月、177〜178頁。

2月22日。

「増産に精進の姿　物資不足を超えて」東京朝刊、1939年7月6日。

「統制弛緩を警戒せよ」東京朝刊、1939年9月8日。

「標準が高過ぎる　贅沢品の禁止令」東京朝刊、1940年7月8日。

「物資不足に対処　関東6県の農村」東京夕刊、1940年8月29日。

「お砂糖ちょっぴり値上」東京朝刊、1941年12月3日。

「当分不公平は続く　お魚登録制にこの矛盾」東京夕刊、1941年12月3日。

「燃え残りは回収　暖房期間四割の節炭」東京朝刊、1941年12月4日。

「労務者の忘年会や新年会はやめ　料理屋等も戦時態勢」東京朝刊、1941年12月6日。

「お米割当量を再検討　使わぬ"外食券制"にもメス」東京朝刊、1941年12月8日。

「物資統制令　両三日中公布施行」東京朝刊、1941年12月10日。

太平洋戦争勃発後、物資不足の記事が頻繁に見られるようになっている。新聞に載ったような生活品の不足への文句は、安吾の評論『死と鼻唄』(1941.4)にも反映されている。安吾は、この評論で「長短槍試合」の例を挙げた。

> 豊臣秀吉がまだ信長の幕下にいた頃の話で、槍は長短いずれが有利かといふ信長の問に、秀吉は短を主張した。そこで、長を主張する者と、百名ずつの足軽を借りうけて、長短の槍試合をすることになったが、長を主張した者の方では連日足軽共に槍の猛訓練を施すにも拘らず、秀吉の方は連日足軽を御馳走ぜめにし、散々酒浸りにさせるばかりで、一向に槍術を教へない。が、試合の時がきて、秀吉勢は鼻唄まじりの景気にまかせて、一気に勝を占めた、といふ話なのである。
>
> 今迄は余り口演されなかつたこの話が、近頃になって俄に講談や浪花節で頻りにとりあげられるというのは、多分時局に対する一応の批判が、この話に含まれているのを、演者が意識してのことであらう。それも、兵士達にふだん遊びを与へる方が強い兵士を育てるといふ内容通りの意味よりも、我々の日常生活に酒が飲めなくなつたり、遊びが制限せられたりして

窮屈になったことに対して、自分の立場から割りだした都合の良い皮肉であり注文のような気がするのである。[1]

　この話の中に、安吾の、食物などの最低限の生活が保障される生活への態度、および統制生活への文句が滲み出ている。
　物資統制のほか、「精神」の面についても厳格な規制が作られた。早くは1923年9月の関東大震災と1923年12月の「難波大助事件」[2]の影響を受け、1925年に「治安維持法」が頒布され、施行された。一九三〇年代になると、最初に主として日本共産党を規制するための治安維持法の規制範囲が拡大され、やがて戦時下の情勢に順応するために、1938年4月にあらためて「国家総動員法」が頒布された。「国家総動員法」第20条には以下の記載がある。

　　政府ハ戦時ニ際シ国家総動員上必要アルトキハ勅令ノ定ムル所ニ依リ**新聞紙其ノ他ノ出版物ノ掲載ニ付制限又ハ禁止ヲ為スコトヲ得**
　　政府ハ前項ノ制限又ハ禁止ニ違反シタル新聞紙其ノ他ノ出版物ニシテ国家総動員上支障アルモノノ発売及頒布ヲ禁止シ之ヲ差押フルコトヲ得此ノ場合ニ於テハ併セテ其ノ原版ヲ差押フルコトヲ得　[3]（太字原文）

　このような「報道管制」下で、作家や文化人たちは「従軍報道班員」として動員され、結局、そこからその後の「大本営発表」が生み出される。出版社や新聞社も意識的に「ペン部隊」を戦場に派遣し、時局に合うような作品を書かせた。1938年になると、ペン部隊は本格化する。その中で、1938年2月18日、『中央公論』3月号掲載の石川達三「生きている兵隊」が発禁となったことで、戦争を否定する作品は発表されなくなった。そして、1938年8月、内閣情報部は作家たちに従軍を要求し始める。一連の法律の実施により、個人は国家の目的

---

[1]　坂口安吾『坂口安吾全集03』筑摩書房、1999年3月、251頁。
[2]　虎ノ門事件とも言う。1923年（大正12年）12月27日に、難波大助が東京市麹町区虎ノ門外で摂政宮（皇太子裕仁親王）を暗殺しようとした事件である。
[3]　末川博『総動員法体制』有斐閣、1940年7月、37頁。

に貢献することでしかその価値が認められなくなり、国民の心身の全ては徐々に政府側に統制されるようになっていった。安吾が終戦までに歴史物語を少なからず描いたのは、当時の文化統制への抵抗でもあったのではなかろうか。安吾が意図的に精神病院という体制に統制されない空間を作り出したのは、当時の文化統制への抵抗の一環であったように思われる。では、『盗まれた手紙の話』の中で、安吾はどのように統制体制に抵抗したのか。

終戦後、一連の戦時下を背景とした作品の中で、「徴用逃れ」、「淫蕩」などが重要なテーマとなっていることも、安吾の戦時下の統制に対する不満の表れだと言える。総動員体制下では、「徴用逃れ」が「非国民」扱いされていたにもかかわらず、安吾があえて「徴用逃れ」をテーマとする作品を創作したのは、偶然ではないと考えられる。

戦後の短編小説『戦争と一人の女』（1946年11月）およびその姉妹篇の『続戦争と一人の女』（1946年11月）の中で、主人公の男女は明らかに「徴用だの何だのとうるさくなって名目的に結婚する必要があつた」という「徴用逃れ」目的で同棲していた。『盗まれた手紙の話』の中で精神病患者が病院に入るのも「徴用逃れ」という目的ではなかったかと想起させられる。戦時体制下では、女性の徴用は年齢と婚姻状況と関係していたが、『戦争と一人の女』の中で女主人公は名目的な結婚で徴用を逃れた。男性の場合は、病気で逃れることができる。1939年7月8日の『国民徴用令』第十四条には以下の記載がある。

　　　　被徴用者ヲ使用スル官衙ノ所管大臣被徴用者ガ疾病其ノ他ノ事由ニ因リ総動員業務ニ従事スルニ適セズト認ムルトキ又ハ其ノ者ヲシテ総動員業務ニ従事セシムル必要ナキニ至リタルトキハ厚生大臣ニ**徴用ノ解除ヲ請求スベシ**[1]（太字原文）

精神病は当然ながら徴用解除を請求するのに十分な理由である。『盗まれた手紙の話』における精神病という構想は、『戦争と一人の女』における「徴用逃れ」目的の結婚とは同工異曲の意味があると考えられる。そして、『盗まれ

---

[1] 末川博『総動員法体制』有斐閣、1940年7月、131頁。

た手紙の話』の中で、主人公が精神病院に入院した原因が精神病と関係のない点、また他の入院患者の病院内での「精進」ぶりを考え合わせると、精神病患者として入院した人たちの「非国民」性が見られる。

　主人公は体制に統制されない場所で、「国民」（皇民）の義務を果たさずに、「非国民」として安住している。彼は精神病患者として病院内で療養するわけではなく、院内で看護人の仕事をしながら巧妙に病院外の人を騙そうとしたのである。

　精神病患者である主人公が、株を予測できるという手紙を書いたり、手紙に騙された人に面会したり、予言が精神病院を合法的に脱出するための報酬であるようにしたのは、おそらく単に誰かに自分の予言能力を納得させたかったからではなかろうか。主人公の手紙を信じ、彼に会いに行った深川オペラ劇場の主人が試しに主人公に翌日の天気の予言を要求した際、主人公はそれを断り、代わりに競馬の予言をした。翌日の天気が当たらなかった場合、予言能力が嘘だということはすぐにばれる。主人公があえて天気の予言を避けたのは、おそらく主人公自身も自分の予言能力を信じていなかったことが推測できる。予測した勝馬で儲かったら荷物をまとめて精神病院で待つ、と樫の葉の御人は深川オペラ劇場の主人と約束したが、結局深川オペラ劇場の主人が病院に闖入した時、樫の葉の御人は荷物をまとめて出ていった後だった。このことからも、彼は自分の予言が当たって病院を脱出することになるとは考えていなかったことが伺える。おそらく彼が手紙を書いた目的は病院を脱出するためではない。彼には病院を脱出するチャンスがあったが、それを利用して脱出しようとは思わなかったのである。

　　自分などほぼ看護人と同じ仕事をしていながら、正式に看護人では有り得ないのである。それゆえ看護人ほどの自由はないが、医師や事務員の引上げた後なら、同僚即ち看護人の理解によって、非公式ではあるけれども外出できるし、縁日をぶらついてきたこともあつた。[1]

---

[1]　坂口安吾『坂口安吾全集03』筑摩書房、1999年3月、126頁。

外出のたびに必ず病院に戻ってくる。そして予言できないと分かっていながらも病院外の人を騙そうとする。この二点から、おそらく自分が株を予言できるという話は自分の妄想でもなければ、精神病のせいでもないと彼が思っていることが推測できる。彼はただ精神病院外の人をからかいたかっただけではないだろうか。樫の葉の御人が深川オペラ劇場の主人との一回目の面会を終え、相手にお金を要求した際の二人の表情がこのように描かれている。

> 深川オペラ劇場主人は冷水を浴びたようにゾッとした。樫の葉の御人の眼が薄気味悪い笑ひと共にギラリと光ったからである。
> これが気違の目といふものであらう。それでなければ殺人鬼の目の光である。あまつさえ、こっちの心の裏側をみんな見抜いているような気持の悪い笑い方をする。[1]

主人公である樫の葉の御人の「殺人鬼の目の光」は、彼のハンター性と深川オペラ劇場の主人の獲物性を暗示している。国民精神総動員運動下での、劇場への統制が文化統制を象徴しうるなら、安吾が主人公を「オペラ劇場主人」と名付けることに、安吾の皮肉が込められていると言える。樫の葉の御人は、深川オペラ劇場の主人をからかうことで正常規範の攪乱者になりえた。樫の葉の御人には、反体制意識が表現されていることが考えられる。

実は安吾自身にも精神病にかかった経験がある。彼は自分の精神病院内の闘病経験を記録したエッセイ『精神病覚え書』（1949年6月）の最後で精神病院内外の人についてこのように書いている。

> 人間はいかにより良く、より正しく生きなければならないものであるか、そういう最も激しい祈念は、精神病院の中にあるようである。もしくは、より良く、より正しく生きようとする人々は精神病的であり、そうでない人々は、精神病的ではないが、犯罪者的なのである。[2]

---

[1] 坂口安吾『坂口安吾全集03』筑摩書房、1999年3月、155頁。
[2] 坂口安吾『坂口安吾全集07』筑摩書房、1998年8月、372頁。

「正しく生きようとする人々は精神病的」であるという点は、戦争を嫌悪し、戦争体制に統制されたくないゆえに精神病患者として扱われることを望んでいたともとれる。病院外の人が「犯罪者的」という点は、戦争体制に統制されている人が戦争協力するがゆえに犯罪者になる。安吾の言葉はこのように理解しても差し支えないだろう。

二、医師が不在の精神病院の表象

前述したように、狂気は社会規範から逸脱するものであり、無秩序を意味する。社会、権力は、その無秩序をコントロールするために専門的な機構を作った。精神病院は、その産物の一つである。この意味で精神病院は、作られた時からすでに権力と切っても切れない関係にある。精神医学について、フーコーはコレージュ・ド・フランス[1]での1975年3月19日の講義で次のように述べている。

〔19世紀：引用者注〕<u>精神医学はもはや、本質的には、治療を目指すものではありません。精神医学は、以後異常な状態にある人々によってもたらされる可能性のある決定的な危険に対して社会を防御するものとしてのみ機能してよいことになります。</u>（略）精神医学はまさにここにおいて、個人の異常性の科学かつ管理者となり、その時代における最大の権力を獲得するのです。精神医学は実際（十九世紀末に）、司法機関そのものに取って代わろうとしました。また、司法機関ばかりではなく、衛生学にまでも。そして最終的には、社会の操作および管理の大部分を手中に収め、社会をその内部から浸食する危険に対して防御するための一般的審級となろうとしたのです。[2]（括弧原文）

精神医学を握る精神医学者は、ある人が異常者であるかどうかを判定する権

---

[1] フランスの国立特別高等教育機関。
[2] ミシェル・フーコー著・慎改康之訳『異常者たち』筑摩書房、2002年10月、350～351頁。

威となり、さらに、権力の隠喩にもなる。最初、精神病患者は社会に危険があるから精神病院に入れられたが、結局、権力に対抗する者も監禁されるように変化していってしまう。フランスではルイ十四世（1638年—1715年）の時代、パリ周辺の精神病者は不道徳者、犯罪者、反体制分子、浮浪者、売春婦らと一緒に収容された。

　　治安の対象として、このように精神病者が下層プロレタリアートと同様の扱いを受けたことに道義的に反発した人々が、しかし結局は狂気を専門分化し精神病院（略）に本格的に閉じ込め、狂気の唯一残された理解者であった下層プロ部分と非情にも分断したことはその後の精神医学・医療を人間不在の下で戦慄すべき人民圧殺の学問体系へと押し上げていく傾向に拍車をかけたと言っても過言ではないだろう。[1]

つまり、西欧では、精神病者は下層プロレタリアートと同様に治安の対象として収容されていたのである。権力者が自分にとって不都合な反社会分子を狂気という名目で監禁していく。そして、精神病者と当局との問題は、結局階級間の対立問題、ひいては他民族への人種差別となっていた。フーコーは1975年3月19日の講義でこう続けている。

　　精神医学が実際に一つの人種差別と接合されうる、というよりもむしろ、一つの人種差別を生み出しうるということがおわかりいただけると思います。（略）当時の精神医学において生まれる人種差別、それは、異常者という人種に対する差別です。（略）したがってこの人種差別の役割は、一つの集団をそれとは別の集団から保護したり防衛したりすることよりもむしろ、一つの集団の内部そのものにおいて、実際に危険をもたらす可能性のある者すべてを検出することです。これは、内的な人種差別、一つの社会内部におけるすべての個人を選り分けるものとしての人種差別です。
　　（略）そしてナチズムはただ、この新たな人種差別を、十九世紀に蔓延し

---

[1] 精神科医全国共闘会議『国家と狂気』田畑書店、1972年9月、10～11頁。

ていた民族的人種差別に接合したにすぎません。[1]

　20世紀、ファシズム国家では人種差別の名のもとで他民族への侵略が合理化されていた。戦時下の日本も例外ではなかった。日本は自国を「皇国」、「神国」を基調とする国家神道の理論で武装して対外侵略を行った。

　「『皇国』は、一九三〇年代後半から四〇年代前半にかけて、絶対唯一無二の『国体』を持つ『万邦無比』の国家としての日本を示す称号および理念として定着することとなった」[2]。中日全面戦争が勃発した後、国民精神総動員運動が激しく行われる中、1937年には『国体の本義』が編纂され、「皇国史観」が社会全体に浸透していった。『国体の本義』の「肇国」は「大日本帝国は、万世一系の天皇皇祖の神勅を奉じて永遠にこれを統治し給ふ」で始まり、日本の国体を他国と区別するために、以下のように書いている。

　　　我が国は、かかる悠久深遠な肇国の事実に始って、天壌と共に窮りなく生成発展するのであって、まことに万邦に類を見ない一大盛事を現前している[3]

　これにより、天皇統治の正統性・永遠性、民衆の天皇への統合が根拠づけられたのである。また、この本では日本の伝統を傷つけ、国民の精神を乱す元凶として個人主義を否定し、愛国・忠君の大義に帰結される点に日本文化と西洋文化の違いがあるとされた。『国体の本義』の本文には次のような記述がある。

　　　近時、西洋の個人主義的思想の影響を受け、個人を本位とする考へ方が旺盛となった。従ってこれとその本質を異にする我が忠の道の本旨は必ずしも徹底していない。即ち現時我が国に於て忠を説き、愛国を説くものも、西洋の個人主義・合理主義に累せられ、動もすれば真の意味を逸している。

---

[1] ミシェル・フーコー著・慎改康之訳『異常者たち』筑摩書房、2002年10月、351頁。
[2] 長谷川亮一『「皇国史観」という問題』白澤社、2008年1月、92頁。
[3] 『国体の本義』文部省、1937年3月、13頁。

> 私を立て、我に執し、個人に執著するがために生ずる精神の汚濁、知識の陰翳を祓い去って、よく我等臣民本来の清明な心境に立ち帰り、以て忠の大義を体認しなければならぬ。[1]

このように、『国体の本義』では、「肇国」においても、文化においても、日本は他の国々より優秀である点が強調されているのである。

> 「西洋的世界観」が個人主義的・闘争的なのに対し、「日本的世界観」は全体主義的・平和的ということになる。このような対置は、直接には『国体の本義』における「西洋」の「個人主義」と日本の「和の精神」の対置を踏襲したものである。したがって、世界を平和に導くためには、全世界を「日本的世界観」で覆わなければならない、ということになり、ここに「大東亜戦争」は世界平和のための戦いとして肯定化されるのである。[2]

「皇国」の称号はあくまでも「大日本帝国」内部においてであったが、戦争の進展に従い、日本の国体を外部に拡大するために導入されたのが「八紘一宇」の理念である。1940年7月26日、第2次近衛内閣によって閣議決定された「基本国策要綱」では、根本方針を以下のように定めた。

> 皇国の国是は八紘を一宇とする肇国の大精神に基き世界平和の確立を招来することを以て根本とし先ず皇国を核心とし日満支の強固なる結合を根幹とする大東亜の新秩序を建設するに在り之が為皇国自ら速に新事態に即応する不抜の国家態勢を確立し国家の総力を挙げて右国是の具現に邁進す[3]

---

[1] 『国体の本義』文部省、1937年3月、36～37頁。
[2] 長谷川亮一『「皇国史観」という問題』白澤社、2008年1月、180頁。
[3] 国立国会図書館　https://rnavi.ndl.go.jp/politics/entry/bib00254.php　（2019年12月2日閲覧）。

これにより、国体的に日本は他国と違う国となりえただけでなく、「八紘一宇」の理念のもと、対外侵略が世界平和という美名の下に正当化されたのである。これはフーコーが述べた人種差別による他民族侵略と共通しており、安吾の『盗まれた手紙の話』は、フーコーのこの原理を表していると考えられる。

『盗まれた手紙の話』では、精神病患者として入院させられた患者たちの一つの顕著な特徴として、宗教に親しんでいた点が挙げられる。主人公の手紙の中では入院患者について、以下のように述べられている。

> 一般に精神病院の入院患者は自発的に宗教に親しみ、仏教たるとキリスト教たるとを問はず、各なにがしの意見を所有しているのが普通であるが、彼等が教理に就いて所信を吐露し論じ合う時ほど彼等の姿に品格と光輝を与へるものは先ずすくない。仏教に声聞、縁覚といふ悟入の段階があるやうだが、一般に精神病院の人々は、自分の観察によれば、各自縁覚的な境地を所有するところの熱心なる求道者のようである。[1]

また、主人公である樫の葉の御人自身も仏教に精進している。

> けれども自分は「奥義書」を読んだ。読み、且、思索を重ねた。自分は生来の鈍根で見得するところ甚だ浅薄な男であるが、それでもどうやら梵の本義をやや会得することが出来たようである。また数論哲学や勝論哲学、ミーマンサーとか瑜伽哲学など婆羅門秘奥の哲理に就いても思索を重ね、つづいて仏教の本義を会得したいと勉めているが、数年の思索の結果阿頼耶識も理解し得たつもりであるし、起信論の真如や龍樹の空観も略体得なし得たと信じている。最近は又、碧巌、無門関等について日夕坐禅に心掛け、いささか非心非仏の境地をのぞいた。[2]

このように見てくると、入院している人は、精神病患者というより、宗教に

---

[1] 坂口安吾『坂口安吾全集03』筑摩書房、1999 年 3 月、127 頁。

[2] 同上、132 頁。

精通する人たちだと言ったほうが適切である。では、「国家神道」が強く宣伝される中、安吾が神道以外の宗教を作品に組み込んだことは何を意味するのであろうか。

日本では、早くも1913年4月に、「官国弊社以下神社神職奉務規則」で、すべての神社に「国家の宗祀」としての意味が付与された。大正初期、明治神宮創建、大正天皇即位礼、大嘗祭、第一次世界大戦といった大きな出来事によって神社の意義は高められ、国民の間に「敬神崇祖」の観念が普及しはじめた。小学生の神社参拝は強制され、拒否することは「皇国臣民」ではないと扱われるようになった。1936年11月、神祇院が創設されることで、「敬神思想ノ普及」が国家的事業となった。こうして、「国家神道」が制度として成立したのである。

そして、中日全面戦争勃発後、国家神道と靖国神社が意識的に国民に浸透していった。戦死を覚悟した出征兵士が戦友同士で互いに、「靖国神社で逢おう」といい、名誉の戦死を遂げた。靖国神社の祭神に祀られることこそ日本人の最高の美徳であると広く宣伝されていったのである。『盗まれた手紙の話』の発表より遅くなるが、1941年12月8日に真珠湾攻撃を実行して犠牲になった9人の特攻隊員は、1942年3月6日に大本営によって「九軍神」の形で発表された。各マスコミもそれに応じて「九軍神」を大いに称えている。安吾も『真珠』（1942年6月）を発表したが、おそらく当時の時局ではやむをえないことであろう。

そのような国家神道が正統観念として国民の心に植え付けられていく情勢の下、安吾が作品の中で入院患者を神道以外の宗教に親しむ人として設定したのは、偶然ではなかろう。精神病患者として精神病に入院させられたことは、反体制分子が体制に反抗するがゆえに拘束されたことを表象する。拘束されたのが神道を信じない人である点を強調するのは、それが体制に統制されない人、あるいは戦争に協力しない人だということを、安吾が意図的に暗示しているとも考えられる。これは、安吾の国家神道への抵抗と理解してもいいだろう。

1940年頃、安吾はキリシタンについてかなりの研究を行い、その上でキリシタンに関する小説『イノチガケ』を創作した。安吾のキリシタン研究、および『盗まれた手紙の話』における神道以外の宗教への言及は、国家神道、皇国史観への批判になりうる。そもそも精神病という構想自体に、大正天皇のイメージが映されていないとも言い切れない。天皇を柱とする近代日本を、天皇の

病気のイメージを借りて描くということは、安吾の皮肉とも受け取れるのではないだろうか。この作品には、無責任に浮かれた「皇国史観」を根幹とした戦争イデオロギーに対する鋭利な批判が顕現されていると考えられる。

　精神病をテーマとした『盗まれた手紙の話』からは、井伏鱒二の小説『遥拝隊長』（1950年2月）が想起させられる。『遥拝隊長』の主人公である岡崎悠一は同じく精神状態が異常で、「様子が怪しまれだして来るようになったのは、敗戦が近づいてからであった。完全に気違いの発作症状を見せたのは、敗戦後数日たってからである」[1]。戦争が終わったにもかかわらず、岡崎は今なお戦争が続いていると錯覚し、大日本帝国の軍人としての振る舞いをする。岡崎の発狂ぶりについて、作品の中では以下のように書かれている。

　　これはみんな、だれも戦争中には、軍人がするのを見慣れているので珍しくないが、今日では、ただふざけているように見えるだけである。[2]

　大越嘉七が「軍人達はすでに戦時中から気違いだった。敗戦は唯それを誰の目にも明確にしたに過ぎぬ」[3]と指摘したように、『遥拝隊長』は、精神病の発作により、戦後の一般的な日常生活が送れないことを戦時中の軍国思想の権化であるとし、戦争批判をしたのである。井伏は戦争を一種の精神病として批判しているが、『盗まれた手紙の話』も、戦争を病的なものとして描いているとの考えは否めないだろう。

　まず、安吾が前の年に発表した「泥棒の余徳」を賛美する短編小説『総理大臣が貰った手紙の話』（1939年11月）を見てみよう。『総理大臣が貰った手紙の話』において、主人公は「泥棒を業とする勤勉な市民」である。主人公は「国のことを心配」し、総理大臣へ手紙を書く。泥棒の主人公の理屈としては、油断したら盗まれたり、被害を受けたりするから人間はいつでも油断してはならないというものである。泥棒の存在によって国民は気を緩めずに、また怠ら

---

[1]　井伏鱒二『山椒魚・遥拝隊長　他七編』岩波文庫、1988年7月、121頁。

[2]　同上、114頁。

[3]　大越嘉七『井伏鱒二の文学』法政大学出版局、1980年9月、97頁。

ずに生活するようになる。つまり、戦時下においては、泥棒によって国民の間に緊張感が育てられ、そのおかげで同盟国にも騙されなくなるという理屈である。戦争のために「正常」な規範が乱され、泥棒の主人公の理屈は戦時下においてのみ成り立つ。作品の中で総理大臣が手紙を読んだかどうかには触れられていない。ということは、目下の異常な秩序を認めたくないが、認めざるをえないことを意味している。

『総理大臣が貰った手紙の話』においては、健常者の泥棒が主役であったが、『盗まれた手紙の話』（1940年6月）に至ると、いきなり精神病患者が主人公となっている。二つの作品における主人公の「正常」から「異常」への変化は、安吾における政治・戦争への敏感な反応だと言える。健常者の泥棒が「異常」を表象するなら、精神病患者がそれ以上の「異常」を表象することは言うまでもない。安吾は、『盗まれた手紙の話』の中で、「気違い」と健常者との関係についてこのように書いている。

> 気違などといふものは案外みんなお喋りが達者なのかも知れないが、日本の外交が下手だからなど噂になるのは、これはもう外交官がみんな正気のためである。[1]

既述したように、『盗まれた手紙の話』の設定では、精神病院の患者がみな賢明であるのに対し、外交官のようなエリートを含めた病院外の人はみな馬鹿げたものとされている。特に、精神病と名乗る人の話に乗った深川オペラ劇場の主人の「狂気」ぶりには、病院外の人の発狂ぶりが象徴されている。気違い（精神病患者）と健常者、つまり「狂気」と「正気」との混乱は、社会秩序が「異常」と「正常」との間で混乱していることを意味する。ここでの「狂気」と「正気」との位置交換は、『総理大臣が貰った手紙の話』に出てくる「泥棒の余徳」を称えるべしということと、同工異曲と言えるのではないだろうか。したがって、安吾は戦争を病的なものとして描いていると考えられる。

『遥拝隊長』で軍国主義者を「気違い」とする構想と、『盗まれた手紙の話』

---

[1] 坂口安吾『坂口安吾全集03』筑摩書房、1999年3月、150頁。

におけるファシズム体制に統制されない空間という構想では、視点は異なるものの、戦争に対する鋭い批判という点において共通したものが見られる。『遥拝隊長』について、東郷克美は「単に公式的な戦争批判でなく、庶民の立場（生活感情）から戦争の非人間性があばかれる。ここでは井伏の庶民性が最も有効に働く」[1] と指摘している。『遥拝隊長』と違い、『盗まれた手紙の話』で安吾は、ファシズム体制を形成し得た原因を思想的・文化的な面で認識し、精神病という形で天皇制、皇国史観、ひいては戦争を批判している。「皇国史観」が「正当思想」として国民の中に浸透していった状況下で、安吾は「皇国史観」の批判を通じて戦争を否定しようとしたのではないかと考えられる。

『盗まれた手紙の話』に出てくる精神病院という空間に、医師はいない。作品の中で、患者の退院は医師の許可が必要であると書いてあるが、医師は一度も登場したことがなく、あくまでも看護人が登場しているだけである。しかし、看護人と主人公である樫の葉の御人とを比べると、三分患者七分管理人としての樫の葉の御人のほうが遥かに健常そうに見える。

看護人なにがしは樫の葉の御人が自分の予言能力を生かすための協力者である。また、樫の葉の御人が外出したい時、その便宜を図り、外出を許す存在に過ぎない。病人の外出は強いられた規律に支配されているわけではなく、ここでも医師の不在が露呈されている。医師の不在について、安吾は深川オペラ劇場の主人の口を借りて次のように述べている。

> 木菟の先生は看護人だといふのであるが、素人の見たところでは樫の葉の御人の方がどう睨んでも<u>真人間</u>に近い様子に見えるから、精神病院などいふ所は何が何やら分らない。この調子では、お医者さんだの院長先生といふ人はどんな顔しているだろう。大きな椅子にドッカリと河馬のようにふんぞり返って、黙って坐っているかも知れん。[2]

---

[1] 東郷克美「井伏鱒二素描―「山椒魚」から「遥拝隊長」へ―」『日本近代文学』第5集、1966年、158～160頁。

[2] 坂口安吾『坂口安吾全集03』筑摩書房、1999年3月、151頁。

ここの「真人間」という言葉は「健常者」という意味だと考えられる。患者が医者より真人間であることを強調することで、医者の不在が強調されている。精神病の医師が不在ということは、社会に危険があるかどうか、あるいは異常者であるかどうかを判断する権威の不在、権力の不在ということになる。権威と権力の不在は、同時に異常者の不在、さらには人種差別がないということにもなる。精神医学は人種差別と接合されうる、人種差別はまた他民族侵略と接合しうる、というフーコーの理論に基づけば、『盗まれた手紙の話』における精神病院という空間は、差別のない空間とも言える。差別のない精神病院は、戦争のない社会を表象している。ここに安吾の戦争への否定、あるいは平和への期待が伺える。

　『盗まれた手紙の話』は、精神病院という空間の中で精神病患者が発狂する物語を描いたわけではなく、精神病院内外の対照の世界と病院内部の世界について描いたものである。病院外は体制の世界であり、病院内は体制に統制されない場所である。精神病院内は、医師が不在であるがゆえに医師と患者が調和できない関係にあった。精神病医師と患者に表象される人種差別を描くことで、戦時下日本のファシズム体制を支えていた皇国史観への批判と、それによる戦争がない世界への期待が描き出されている。

　作品が精神病院をめぐって描かれたものであるにもかかわらず、表題に『盗まれた手紙の話』とつけたのは、おそらく安吾の中で、健常者がいかに精神病患者の話を信じたかを通じ、精神病院内外の人間の倒置、ひいては「正常」と「異常」の秩序の倒置を強調したかったのではないかと考えられる。

2　『イノチガケ』における皇国史観批判 II

　安吾は1940年にはじめての歴史小説『イノチガケ』（『文学界』、前篇は第7巻第7号、後篇は第7巻第9号）を発表する。『イノチガケ』前篇（1940年7月）が信長時代に来日した切支丹たちの殉教を描く物語であるのに対し、

後篇（1940年9月）は江戸中期における宣教師シドチ[1]の潜入、新井白石[2]によるシドチへの審問を描いた物語である。安吾が切支丹物語に関心を寄せるようになったきっかけについては、『篠笹の陰の顔』（1940年4月）の中で以下のように述べている。

> 私は近頃[3]切支丹の書物ばかり読んでいる。小田原へ引越す匆々三好達治さんにすすめられて、シドチに関する文献を数冊読んだ。それから切支丹が病みつきになり、手当り次第切支丹の本ばかり読む。[4]

そして、切支丹への関心から「島原の乱」にとりかかる。浅子逸男は、「坂口安吾の歴史小説－「二流の人」から、「信長」へ－」の中で、次のように述べている。

> 「島原の乱」の資料にあたっていた安吾は、二つの焦点を得たのではないかと推測される。一つは鉄砲の伝来と戦国武将による活用、もう一つは秀吉による切支丹禁令と朝鮮出兵である。それは奇しくも同じ昭和十九年に出た「鉄砲」（昭19・2）と黒田如水（昭8）を経て長編「信長」（昭27・10・7～28・3・8）に結晶する。かたや「黒田如水」は、「島原の

---

[1] イタリア人のカトリック司祭。江戸中期に日本に潜入したが、捕らえられ、新井白石の審問を受けた。

[2] 新井白石。明暦三年二月十日－亨保十年五月十九日（1657～1725）。江戸中期の儒学者、政治家。元禄六年（1693）、師の推挙を受けて甲府藩主徳川綱豊（家宣）に仕え、綱豊が宝永六年（1709）に将軍となると、侍講として多くの献策を行い、側用人間部詮房と並び幕政を左右するほどの勢いを持った。『新潮日本人名辞典』新潮社辞典編集部、新潮社、1991年3月、76～77頁より引用。

[3] 「篠笹の陰の顔」が発表されたのは1940年4月のため、おそらく「近頃」は1940年前後ではないかと推測できる。

[4] 坂口安吾『坂口安吾全集03』筑摩書房、1999年3月20日、119頁。

乱ノート」[1]にあった秀吉の朝鮮出兵を交えて「二流の人」に結実していく。（略）当時の時流に触発された大東亜共栄圏への発想とも思われないこともないが、キリスト教伝来の足跡、朝鮮への侵略、タイへの歴史的関心のひろげ方から、安吾日本史構想というものが想定できるのではないかと考えられる。[2]

　浅子が言うように、安吾の切支丹への傾斜は、その後の歴史認識と深くかかわっていると言える。その意味で安吾の最初の歴史小説として発表された『イノチガケ』は歴史認識を始めて示した作品として重要な位置を占めている。
　では、『イノチガケ』はこれまでどのように評価されてきたのであろうか。同時代評では、M・Mが「ヨワン・シローテを扱ったこの後篇よりも寧ろ血腥い殉教図を淡々と綴った前篇のほうがまだしも味があった」[3]と評価している。井上友一郎は「一種素っ気ない文章で書き進めるが、その素っ気なさは、何となく多くの殉教者たちの流転の境涯を暗示するようで、寒々として面白かった」[4]と指摘した。
　研究史を見ると、『イノチガケ』に関する研究は主に歴史観、典拠を中心としてなされている。歴史観研究について、川村湊は以下のように指摘する。

　　『島原の乱』や『イノチガケ』のような作品に書かれた切支丹への安吾の関心は、日本人が信仰、すなわち、"観念的なもの"に殉じた、歴史的な稀なケースということに根ざしたものであり、こうした"観念的なもの"

---

[1] 1941年5月から1942年にかけて安吾が書いた「島原の乱」についてのノートである。冬樹社版『定本　坂口安吾全集13』（1971.12）においては「島原の乱ノート」と名付けているが、筑摩書房版『坂口安吾全集16』（2000.4）においては「『島原の乱』覚え書きノート」となっている。

[2] 浅子逸男「坂口安吾の歴史小説—「二流の人」から、「信長」へ—」『花園大学国文学論究』第18号、1990年10月、71頁。

[3] M・M「「文学界」「新潮」作品評」『文芸』8（10）、改造社、1940年、73頁。

[4] 井上友一郎「坂口安吾著『炉辺夜話集』」『現代文学』1941年7月、関井光男『坂口安吾研究I』冬樹社、1972年、32頁。

の隆盛に、戦前の日本におけるマルクス主義の猖獗ぶりが重ねられてイメージされていたと考えることは可能だろう。[1]

また柄谷行人はこう指摘する。

　彼（シドチ、筆者注）は潜伏して布教を目指すのではなく、キリスト教禁令を撤回させるべく幕府と交渉しようとしてやってきた。その意味で、彼は宣教師というよりも政治家である。実際、彼は傑出した知性によって新井白石を驚嘆させた。それまでの宣教者らに「遊ぶ子供に似た単調さ」しか認めない安吾は、シドチの中に、ザビエルら初期の宣教者にあった「実践」の力を見出す。[2]

川村が、切支丹達が自ら死を遂げていく「原動力」を思想的に分析しているのに対し、柄谷は、宣教者の死を恐れずに信念を貫く行動力を評価している。しかし、安吾がシドチから「実践」の力を見出したとする柄谷の指摘に筆者は疑問を呈したい。むしろ、宣教者たちの「実践」力を強調すればするほど、その「盲目さ」、「感情的」なもののほうが強調されるのではなかろうか。

また、先の浅子は「切支丹の殉教から得た発想を戦場における兵士に敷衍させて考察したことは間違いない」[3]と指摘している。成田龍一は一九四〇年代の日本における歴史学から安吾切支丹物語の意味を考察し、「安吾の力点は『証拠』という徴候に着目し、そこから歴史を見るという姿勢にこそある。このことは皇国史観の恣意性に対しての批判となるものである」[4]と述べている。

---

[1] 坂口安吾著・川村湊解説『信長　イノチガケ』講談社・文芸文庫、1989年10月、489〜490頁。

[2] 柄谷行人解説「坂口安吾について11　殉教」、坂口安吾『坂口安吾全集03』、筑摩書房、1999年3月20日、16頁。

[3] 浅子逸男「切支丹と坂口安吾」『国文学解釈と鑑賞』（別冊　坂口安吾と日本文化）至文堂、1999年9月、109頁。

[4] 成田龍一「一九四〇年代の歴史意識と坂口安吾―試みのための覚書―」『安吾からの挑戦状』ゆまに書房、2004年11月、40頁。

藤原耕作は典拠の考察を通じて「安吾史観」と呼ばれた独創性について「典拠の記述から離れた安吾ならではの解釈や史観というべきものはあまり見られない」[1]と指摘している。以上の歴史観についての研究は、いずれも戦時下の思想動員と関連していると言える。

典拠研究では主に原卓史と大原祐治の研究がある。原は安吾が姉崎正治『切支丹伝道の興廃』（1930年6月、同文館）、新井白石「西洋紀聞」（不明）[2]、『日本切支丹宗門史』（上巻、1938年3月、岩波書店）、『日本切支丹宗門史』（中巻、1938年11月、岩波書店）を主な典拠としているが、場面に応じて複数の文献を再構成して「イノチガケ」を創作している点を指摘している。大原は「イノチガケ」の典拠は「単一のものではなく、複数にわたることが判明する」[3]と指摘し、主な典拠としては、先の『切支丹伝道の興廃』（姉崎正治、1930年、同文館）、『日本基督教史上巻』（山本秀煌、1925年9月、新正堂）、『日本基督教史下巻』（1925年11月、新生堂）、『切支丹迫害史中の人物事蹟』（1930年12月、同文館）、「若望榎」（『鮮血遺書』所収）、『日本西教史』（太政官翻訳係訳述、1878年）などを挙げている。

それ以外に、渡辺ふさ枝は安吾が切支丹へ関心を寄せた原因を『吹雪物語』（1938年7月）から伺えるとして、「『イノチガケ』の持つ意味は、『吹雪物語』で提出された〈再生〉の意図の肩肘はらない実践であったという事ではないだろうか」[4]と指摘している。また、関谷一郎は次のように評価を下している。

　　安吾の場合は作者がテクストを支配することができず（あるいは支配することを放棄して？）、作者（語り手と言っても可）自身がテクストの落

---

[1] 藤原耕作「坂口安吾「イノチガケ」論」『国語と国文学』第90巻第10号、2013年10月、35頁。

[2] 安吾が使ったと推測される新井白石「西洋紀聞」のバージョンについては原卓史の論文に明示されていない。

[3] 大原祐治「一つの血脈への賭け―坂口安吾「イノチガケ」の典拠と方法―」、坂口安吾研究会『越境する安吾』ゆまに書房、2002年9月25日、168頁。

[4] 渡辺ふさ枝「坂口安吾断章―「イノチガケ」の頃」『日本文学誌要』通号34、1986年6月、90頁。

とし所も「主題」も把握していないものと考えられる。[1]

　私見の限り、史観研究は太平洋戦争と関係する論文が多いものの、具体的にどのように太平洋戦争と関係するのかについての研究は少ない。成田龍一は「皇国史観の恣意性に対する批判」と指摘しているが、それは安吾がいう「歴史探偵」という方法によって創作された歴史小説に表れた歴史認識から「皇国史観」に触れただけであり、具体的な分析もない。本論は、「皇国史観」の内容から『イノチガケ』がどのように「皇国史観」と繋がっているのかを考察するものである。

一、「狂気」が示唆するもの

　作品の前篇を読むと信徒たちが次々と死んでいく場面が真っ先に浮かんでくる。その意味で前篇は「殉死」を綴った物語だといっても差し支えないだろう。しかし、関谷一郎が「切支丹の『情熱』に対して必ずしも肯定的な記述が続くわけではない。彼等の『誠実謙遜』『清貧童貞』ぶりを強調しながらも、例えば切支丹達を『精神病者』として見る観点を隠さない」[2]と指摘したように、安吾が切支丹たちの殉教精神を肯定しているとはいえない。むしろ、殉教を奨励した神父たちから「狂気」を見出しているのである。

　では、なぜ「狂気」と言えるのか。ここでは二点から確認したい。一つ目は、殉教の原因についてである。『イノチガケ』の中では、キリスト教の理念（教義）が書かれていないかわりに、切支丹たちの生活習慣が描かれている。たとえば、宣教師たちに対する評価としては、「誠実謙遜な生き方」、「清貧童貞に甘んじて私欲なく貧民病院のために奔走する」、「神の存在を信じ、来世の幸福を信じる」とある。これらの描写はいずれも教義ではない。そして、作品全篇は殉教を貫いているが、神父と信者との殉教に「感動」の要素を盛り込んだ点が重要である。大原祐治は「年代記・年表的記述として提示された潜入・殉教の数々は、単なる事実の羅列ではなく、その個々の事件の背景には『感動』的な物語

---

[1] 関谷一郎「「イノチガケ」小論—安吾の書法」『国文学：解釈と鑑賞』第71巻第11号、2006年11月、95頁。

[2] 同上。

の伝達による連鎖という構造がある」[1]と指摘した。後述するが、大原の考えでは、「感動的」物語こそが前篇と後篇を繋ぐ重要な要素なのである。本論では、「感動」的な要素は「狂気」の表現ではないかという点を強調したい。『イノチガケ』の中では、切支丹に「感動」した点についてこのように記されている。

　イネスの順番が来たとき、マグダレナの殉教に感動した刑吏はイネスを十字架にかけることを拒絶したので、代りの者が現れてこれを上げたが、彼等は突き方が下手だったので数回とも急所を外れ頭巾は用捨なく眼に落ちかかって、イネスは息をひきとるまで天を仰ぐことができなかつた。この磔を執行した市川治兵衛は感動して、切支丹に改宗した。[2]

斬首、火刑にされた宣教師と切支丹信者の死に際まで屈伏しない姿が「感動」を引き起こし、新たに改宗した人が出てきただけでなく、その殉教ぶりに感化され、新たに殉教の信念を固めた切支丹も多かった。「穴つるし」[3]という荘厳な死を封じることができる拷問によって、「感動」されなくなってから棄教が始まった。すなわち、殉教者たちの殉教は「感動」と深く関わっている。このような殉教について、安吾は積極的に評価していない。

　文献を通じて私にせまる殉教の血や潜伏や潜入の押花のような情熱は、私の安易な常識的な考え方とは違うものを感じさせ、やがて私は何か書かずにいられない（略）[4]（『篠笹の陰の顔』1940年4月）

　盲目的な信念というものは、それが如何ほど激しく生と死を一貫して貫

---

[1] 大原祐治『文学的記憶・一九四〇年前後』翰林書房、2006年11月、103頁。
[2] 坂口安吾『坂口安吾全集03』筑摩書房、1999年3月、175頁。
[3] 地面に穴を掘り、信者の体をわら縄でぐるぐる巻き、逆さまに吊るして体半分を穴に入れる。血液が頭に集まり、内臓が下がってすぐ死なないように、頭に小さな穴を開けて血を抜く。
[4] 坂口安吾『坂口安吾全集03』筑摩書房、1999年3月、119頁。

いても、さまで立派だと言えないし、却って、そのヒステリイ的な過剰な情熱に濁りを感じ、不快を覚えるものである。[1]（『青春論』1942年11月）

「安易な常識的な考え方とは違うもの」、「盲目的な信念」といった言葉には、いずれもいい意味合いが含まれていない。むしろ安吾の彼らへの批判が感じられる。

一方、切支丹指導者は、無数の死人が出たにもかかわらず、更に多くの信者を殉教させるために今まで以上の殉教を計画した。

> この殉教はマニラに伝はり、彼の地の信徒に大きな感動をひきおこした。必要ならば尚多くの致命人を送らうと、七人の神父が潜入を決意。[2]
> （同上）

ここからは、「イノチ」の大切さが一切感じられなくなり、来日当初の宣教という目的も見えなくなり、ただ盲目的に死を急いだ宣教師のイメージが浮かんでくる。「感動」を批判すること＝「感情的な」ものを批判すること＝「非合理性」を批判することである。

関谷一郎が指摘した「精神病者」的なものは、前篇だけではなく、後篇にも見られる。たとえば、作品の中で、数十年ぶりに、ヨーロッパの宣教師たちが再び日本潜入を決めたのはマストリリ[3]の「精神錯乱」によるものだとある。

> だいたい日本潜入を決意するに至った瀕死の大病といふのが、抑々頭部の打撲傷から始つたのである。病中精神錯乱したといふことであるし、潜入の決意も忽然たる平癒も共に幻覚の暗示から由来している。忽然平癒したときには、マストリリはすでに日本潜入の観念に憑かれた精神病者ではなかつたかと疑うことも出来るのである。

---

[1] 坂口安吾『坂口安吾全集03』筑摩書房、1999年3月、450頁。

[2] 同上、181頁。

[3] 1603～1637、イタリアの宣教師。1637年に日本に潜入して捕らえられ、斬首された。

何分にも一途の念願が日本潜入といふ至難の一事で、拷問も覚悟の上、その生血を流しきつて絶息も亦覚悟の上の仕事なのである。目的自体が超人的な大事業であつたから、マストリリの<u>精神異常</u>は見分けがつかず、却つて数々の奇蹟を生み残した。曾てサビエル[1]が苦しみ奇蹟によつて救はれた航海では、彼も亦同じ妖魔の妨げに逢ひ、又、天主の加護によつて救はれる奇蹟の<u>幻覚</u>を見つづけていたのであつた。[2]（『イノチガケ』）

　この設定にはどのような意味が含まれているのか。前篇においては、神父と信者たちの盲目的な殉教から「感動」より「精神病的なもの」が見出された。後篇になると、再度の日本潜入のきっかけが「精神錯乱」という点に置かれた。「精神病的なもの」が前篇と後篇において同様に重要な役割を果している。時代に関わらず、安吾は一貫して命を捨てて来日しようとする神父たちを「精神病者」とみなしているのである。安吾は彼等の「情熱」を積極的に評価しないどころか、「感情的」に「イノチ」をかける行為を批判しているのである。安吾にとって、切支丹たちの「盲目的な死」は戦時下において「忠君愛国」の名の下で兵士たちが強いられた「名誉の死」と同様なものなのであろう。この二つの死を安吾は批判しているのである。さらに、戦後、安吾が『夜長姫と耳男』（1952年6月）、『神サマを生んだ人々』（1953年9月）など盲目的な信仰を批判するような作品を書いていることは、信者と宣教師たちによる「感情的な」ものへの批判が貫かれていることを意味する。
　二つ目は、神父による信者の殉教への煽りに対する安吾の態度である。『青春論』（1942年11月）の中にはこう記されている。

　　当時は殉教の心得に関する印刷物が配布されていて、信徒達はみんな切支丹の死に方というものを勉強していたらしく、全くもって当時教会の指

---

[1] フランシスコ・デ・ザビエル（1506―1552）。ナバラ王国出身のカトリック教会司祭、初めて日本で宣教した宣教師でもある。「ザビエル」という呼び名以外に「サビエル」も用いられる。安吾の作品では「サビエル」を用いている。

[2] 坂口安吾『坂口安吾全集03』筑摩書房、1999年3月、192頁。

導者達というものは、恰も刑死を奨励するかのような驚くべきヒステリイにおちいっていたのである。[1]

また、『文学と国民生活』（1942年11月）の中ではこう記している。

当時切支丹の殉教の心得に関する印刷物があったそうで、切支丹達はそれを熟読して死に方を勉強していた。潜入の神父とか指導者達はまるで信徒の殉教を煽動しているような異常なヒステリイにおちており、それが第一に濁ったものを感じさせる。[2]

ここで注意すべきところは、「殉教」を「奨励」、「煽動」する行為に対し、安吾が「濁ったもの」を感じている点である。安吾は信者を「精神病者」と称しているが、実際には彼らのことを「バカ」だと考えており、指導者たちに対しては次元の違う批判、すなわち、「死」を煽動する「殺人鬼」と見ていたのではないだろうか。藤原耕作に以下の指摘がある。

戦争が拡大していくにつれて、切支丹殉教の問題は、次第に戦争と死の問題を背景に眺められるようになっていったようだ。その結果、「信念」に死ぬ行為への感動よりも、人々を死へと追いやる「指導者達」への疑問が、安吾の胸底に湧き上がることとなった。[3]

おそらく安吾は殉教した切支丹たちよりも、その宣教師から精神病的なものを、「狂気」を感じたのではないだろうか。このことは、実は太平洋戦争にのめり込む指導者への批判、ひいては「戦争」批判につながっていったのである。盲目的に死んだ兵士たちは愚かであるが、戦争指導者たちこそが元凶だと安吾

---

[1] 坂口安吾『坂口安吾全集03』筑摩書房、1999年3月、451頁。

[2] 同上、455頁。

[3] 藤原耕作「坂口安吾「イノチガケ」論」『国語と国文学』第90巻第10号（通号1079）、2013年10月、45頁。

は思っていたのではないだろうか。

　先にも指摘したように、1935年に天皇機関説事件を契機とする国体明徴問題を解決するため、文部省は『国体の本義』（1937年）を刊行した。しかし、各方面がそれぞれの立場から国体論を理解したため、「政府側の国体論が国民統合、戦時動員の上で有効に作用していない」[1]状況が生まれ、政府側が「皇国史論」という概念を打ち出すこととなった。以後、『国体の本義』の延長線上にある『国史概説』（1943年）＝「皇国史観」という等式が国民の中に浸透していったのである。

　戦時下、国民統合をするために誕生した皇国史観に統制された日本では、「忠君愛国」、「名誉の死」を遂げることのみが称えられた。皇国史観は個人主義を排除しようとしたのである。『国体の本義／臣民の道』の中にはこう書かれている。

　　　大日本帝国は、万世一系の天皇皇祖の神勅を奉じて永遠にこれを統治し給う。これ、我が万古不易の国体である[2]

　　　かくて天皇は、皇祖皇宗の御心のまにく我が国を統治し給う現御神であらせられる。この現御神（明神）或は現人神と申し奉るのは、所謂絶対神とか、全知全能の神とかいうが如き意味の神とは異なり、皇祖皇宗がその神裔であらせられる天皇に現れまし、天皇は皇祖皇宗と御一体であらせられ、永久に臣民・国土の生成発展の本源にましまし、限りなく尊く畏き御方であることを示すのである。[3]

　これに対し、永原慶二は次のように述べている。

　　　ここに天皇統治の正統性と永遠性、家族国家観による国民の天皇への矛

---

[1] 昆野伸幸『近代日本の国体論』ぺりかん社、2008年5月、216頁。

[2] 『国体の本義』文部省、1937年3月、9頁。

[3] 同上、23～24頁。

盾なき帰属と統合の論理が簡明に示されている。皇国史観とはまずなによりも、このような「国体」「国体の精華」の歴史的発現過程を日本歴史の根幹としてとらえ、検証しようとする歴史観である[1]。

「皇国史観」は科学的なものではなく、大日本帝国および天皇の正統性のために作られた精神統制装置にすぎない。「皇国史観」では個人の幸せが否定され、国民の天皇・国への献身が強要された。「死を奨励する」思想以上に、「一般社会から遊離」した思想だといえる。日本の対外戦争の進行により、皇国思想のもとで無数の日本人が盲目的に命を犠牲にし、死を強いられた。藤原耕作は「おそらく安吾の頭の中では、『全員討死戦法』をとった島原の乱の黒幕の浪人たちと戦中の軍部、天草四郎と昭和天皇はほとんどパラレルなのだと思う」[2]と指摘した。安吾にとって、戦時下に死を強要された兵士たちと殉教が奨励された殉教者たちは同格であると同時に、死を強要した軍国政府の指導者と殉教を勧めた宣教師たちもパラレルで、「発狂」していたのであろう。

秀吉を語り手としてその晩年を描いた作品『狂人遺書』(1955年)の中には「朝鮮遠征」の話が登場するが、安吾は「朝鮮遠征」を通して太平洋戦争を表象しようとしていたのではないかと考えられる。作品名に「狂人」という言葉を使い、作品の中においても、無理して朝鮮遠征を行った秀吉のことを「狂人」と位置付けている。なぜ、安吾はそこまで秀吉のことが気になっていたのだろうか。永原慶二は「皇国史観」の特徴を以下のようにまとめている。

> 第三の特徴として、皇国史観は、自国中心主義と表裏一体の関係で、帝国主義的侵略や他民族支配、戦争などに対しては一貫してこれを肯定讃美している。[3]

---

[1] 永原慶二『皇国史観』岩波書店、1988年12月、20頁。
[2] 藤原耕作「坂口安吾「島原の乱」をめぐって」『敍説：文学批評』通号15号、敍説舎、1997年8月、231頁。
[3] 永原慶二『皇国史観』岩波書店、1988年12月、24頁。

「皇国史観」そのものこそ非合理的で、「狂気」的なイデオロギーなのである。「皇国史観」の理論のもと、侵略戦争は帝国の「遠大な抱負」となっていった。戦時下、神武東征神話、秀吉の「朝鮮遠征」などの話は国民を鼓舞する「大壮挙」として称えられた。「大壮挙」をなした秀吉のことをあえて「狂人」と位置付けたことからも、安吾の皇国史観への反発が見られる。安吾の戦時下の作品において「狂気」、「狂人」を描いた作品は少なくない。狂死を遂げた少年を描いた『母を殺した少年』（1936年9月）、窃盗を賞賛することを描く『総理大臣が貰った手紙の話』（1939年11月）、『盗まれた手紙の話』（1940年6月）などがある。皇国思想を真正面から批判することができなかった戦時下において、安吾は隠喩としての「狂気」を使って戦争を批判したのである。

二、抵抗を示唆するもの

「殉教の数々」とタイトルが付けられた前篇は、切支丹たちの大量の死が描かれているが、サビエルがはじめて日本上陸した1549年8月15日から殉教が始まったわけではなかった。前篇の時間帯としては、キリスト文化の日本上陸である1549年から切支丹信者が残虐に弾圧された1700年までである。つまり、信長、秀吉、家康時代を経て徳川時代の初期までとなる。サビエルの上陸当初、信長に保護された時代と秀吉初期に保護されていた時代において殉教は一切なかった。しかし、1587年、秀吉の切支丹追放令により切支丹の運命は変わった。追放令に従い、切支丹信者への逮捕、誅戮、強制的な転宗政策などが続出したことで殉教も続出するようになる。すなわち、殉教は切支丹信者たちが政権側の強制的な転宗政策＝命令に反抗した方法と結果なのである。海老沢有道が次のように指摘する。

> 日本教会の殉教による壊滅は世俗的には敗北の歴史のようではあっても、キリスト教的には「世に勝つ」信仰の勝利の闘いの歴史であり、「戦闘の教会」の真面目を発揮した輝ける歴史でもある。[1]

---

[1] 海老沢有道『キリシタンの弾圧と抵抗』雄山閣出版、1981年5月、100頁。

切支丹たちが政府側の強制的な転宗政策に従わず、殉教・死を以て自分の信念を貫いたことは、彼らの「戦闘」であった。つまり、無抵抗のままの殉教こそキリスト教的な正統な抵抗だという意味である。作品の中には、信者たちの「無抵抗の抵抗」が描かれている。

　　　　教師達は殉教の覚悟をかためて逮捕を待ち、諸国の信者は陸続京都へ集って来た。ジュスト高山は死を覚悟して自首。京都所司代前田玄以の長子左近はその弟従弟と共に八名の近臣を伴って篠山から上洛、師父と共に殉教を覚悟。内藤如安も死を決意し、細川ガラシャは就刑の衣裳をつくつて命の下る日を待った。[1]

　　成田龍一も「［一九四〇年代］史学史においては、洋学論（高橋磌一）や荘園研究（清水三男）は皇国史観への抵抗（あるいは違和）の領域として考えられているが、（四〇年代の安吾を考察するうえで重要な意味を持つ）切支丹研究もそうしたひとつとすることができる」[2]（［　］引用者、（　）原文）と指摘しているように、安吾が切支丹物を書くこと自体が皇国思想との対抗であったと言える。この意味で殉教は政府への抵抗と理解しても差し支えない。その抵抗が頂点に達するのは、1637年12月に勃発し、1638年4月に終結した島原の乱であると安吾は見ていた。安吾は『島原の乱雑記』（1941年9月）の中でその最後をこのように記している。

　　　　島原の乱で三万七千の農民が死んだ。三万四千は戦死し、生き残った三千名の女と子供が、落城の翌日から三日間にわたって斬首された。[3]

---

[1] 坂口安吾『坂口安吾全集03』筑摩書房、1999年3月、174頁。

[2] 成田龍一「一九四〇年代の歴史意識と坂口安吾―試みのための覚書―」『安吾からの挑戦状』ゆまに書房、2004年11月、37頁。

[3] 坂口安吾『坂口安吾全集03』筑摩書房、1999年3月、298頁。

しかし、抵抗の実質とは何であろう。

信長、秀吉、家康は天皇家を利用せずに政権を固めることはできなかった。秀吉は天下の権力者としての地位を築くために、天皇の権威を利用していた。

> 秀吉は対外的には全世界を光被し万物を支配する太陽神を自負して諸国の来服を求めているのであり、天照大神・太陽の申し子として奇跡によって定められ、天子の権限を委譲されたものとして自認していたものと思われる。それはまさに妄想狂としかいいようもないが、対内的には秀吉政権が朝政における関白政治の建前を取り、天皇に代るものとして自任によって、いわゆる「御公儀」としての性格を持つようになって来ているのである。[1]

海老沢有道がこう指摘したように、秀吉は神道的権利を利用して自己を神格化した。天照大神を否定する切支丹の教えはいうまでもなく秀吉政権にとって邪宗であり、禁令されなければならなかった。この意味で秀吉の切支丹禁令はまさに神道と切支丹との衝突である。

また、大橋幸泰は幕府が切支丹を禁止した理由として、六つ挙げている。

> ①宣教師の背後にあるポルトガル・イスパニアの軍事力、②神仏への宣誓で成り立っている秩序の崩壊、③神の前の平等という教義、④信仰共同体を基盤とした地域支配、⑤武装蜂起・一揆の可能性、⑥魔法を操る怪しげなイメージ[2]

二番目の理由にも示唆されているように、神仏と切支丹との争いは重大問題である。秀吉の政権や徳川幕府の政権も神道、仏教、儒教と深く関連した上で成り立っていた。秀吉と幕府の切支丹禁令は実際には神道と切支丹との宗教争いを反映している。この意味で切支丹信者の抵抗は切支丹と違う宗教―神仏へ

---

[1] 海老沢有道『キリシタンの弾圧と抵抗』雄山閣出版、1981年5月、45頁。
[2] 大橋幸泰『潜伏キリシタン』講談社、2014年5月、28頁。

の対抗ということになる。

戦後、安吾は「無抵抗主義」について次のように述べた。

> 無抵抗主義というものは、決して貧乏人のやむを得ぬ方法のみとは限らないものだ。戦争中に反戦論を唱えなかったのは自分の慚愧するところだなどと自己反省する文化人が相当いるが、あんなときに反戦論を唱えたって、どうにもなりやしない。自主的に無抵抗を選ぶ方が、却って高度の知性と余裕を示しているものだ。[1] (『安吾巷談　野坂中尉と中西伍長』1950.3)

「皇国史観」が尊ばれていた戦時下において、安吾があえてこのような作品を創作したのは、安吾が自分流に不満の声を訴えようとしたからではないだろうか。

三、新井白石の「探求精神」が表象するもの

前篇は死ぬことのみが目的であるような神父たちの潜入と「狂気」じみた殉教の話であるのに対し、後篇はシローテ（シドチ）個人の潜入とシローテに対する新井白石の審問に焦点が絞られている。前篇と後篇の二部から構成される『イノチガケ』からは、明らかな「ギャップ」が感じられる。「ギャップ」について、関谷一郎は「くり返し指摘されてきた前篇と後篇の分裂は一目瞭然である」[2]と指摘した。また、藤原耕作は「前篇と後篇との間に無視できない亀裂を抱え込んでいる。前篇がザビエル以来の多くの切支丹たちの潜入と殉教とを描いているのに対し、後篇は主にシドチ個人に照明をあてているからである」[3]と指摘している。しかしこれらの指摘に反し、大原祐治は「前篇・後篇

---

[1]　坂口安吾『坂口安吾全集08』筑摩書房、1998年9月、388頁

[2]　関谷一郎「「イノチガケ」小論―安吾の書法」『国文学：解釈と鑑賞』第71巻第11号、至文堂、2006年11月、95頁。

[3]　藤原耕作「坂口安吾「イノチガケ」論」『国語と国文学』90巻第10号（通号1079号）、2013年10月、42頁。

間の差違は大きいように見える」[1]と指摘しながらも「先行する潜入・殉教物語を読み『感動』したものによって新たな物語が積み重ねられていくという構造において、前篇の年代記・年表的叙述の中に綴られた潜入・殉教の背景にあったのと同じ構造が、ここで前景化していると言える」[2]ため、前篇と後篇の間には、「ギャップ」が存在するどころか、「一つの血脈」として成立していると論じたのである。しかし、たとえ、大原が言う「一つの血脈」に一理あるとしても、前篇における群衆の殉教と後篇におけるシドチ個人の殉教との間に明らかな「違い」が存在することは否定できない。しかし、なぜ前篇と後篇の間にこのような「違い」が生じたのか。またそれは「ギャップ」と言えるのだろうか。

　後篇はシドチの冷静さ、シドチに対する審問を描くことを通じ、西洋の「科学の発達」を表し、「理性主義」を問おうとしたのではないだろうか。まず、シドチの潜入はすでに秀吉時代と家康時代のように「血をキリストに捧げるために」死ぬことのみを目的とする盲目的な潜入と違い、「直接将軍に直談判して布教の公許をもとめようとの潜入」に変わっている。目的から見るとシドチの潜入は冷静で理性的になっている。また、後篇ではシドチが審問されたことを中心としている。その審問の中心としては通常ならばシドチが来日した目的と切支丹に関する話題のはずであるが、新井白石によるシドチへの4回の審問は西洋科学についての質問であり、全体に占める比率は低くない。一回目の審問で、新井白石は持参の万国地図を持ち出している。二回目は、白石が宗門奉公所の万国地図を持ち出し、「専ら欧州事情をききただした」とある。三回目は、「宗門のことにふれず、専ら欧羅巴の事情のみを尋ねた」。四回目のみシドチの来由について審問している。つまり、四回の審問のうち、三回も西洋科学に言及したことになり、「万国地図」を二回も取り上げた。世界地図の誕生と作成技術の進歩は大航海時代において欠かせないものであり、それは近代の到来を意味するものであった。海野一隆が「文化がある程度具体的な世界を構想し

---

[1] 大原祐治『文学的記憶・一九四〇年前後』翰林書房、2006年11月、104頁。

[2] 同上。

得る段階に達して、はじめて世界図が生れる」[1]といったように、万国地図の誕生は文化、科学技術の発展の象徴と結果である。

　　この審問の眼目は言うまでもなく如何なる目的があって潜入したかといふことであるが、欧羅巴の国情歴史風俗、そういうものを充分に弁へていなければ彼の来由を訊きただしても本意をつかむことが不可能であらう。白石はそう考へて来由の詮議は後まわしにして、先ずその前何回でも審問を開いて、欧羅巴の事情を得心ゆくまで問いただし、そのあとで切支丹の問題にふれる予定を立てていた。[2]

このように、白石の最初の三回の審問から彼の西洋文明への興味が伺える。これらの審問を通じ、ヨーロッパの地理、歴史、文化、風俗、国情、科学技術などを聞き出した白石の熱心さと真面目すぎる態度からは、それが単なるシドチ潜入の目的を聞き出す手段であるとは思えない。むしろ新井白石の「探究精神」に感服せざるをえない。

　　彼の質問は常に適切で要をつくし、しかも<u>その主旨は一貫して欧羅巴文明の本質をつき、隙もなく弛みもなかつた</u>。
　　白石はこの審問の後に十一月晦日に三度目の審問をひらき、この時も亦宗門のことにはふれず、専ら欧羅巴の事情のみを尋ねたがわずかに前後三回の審問だけでローマの何処たるかすら知らなかつた白石が、欧羅巴各国のみならず東洋各地、南北アメリカ等にわたって、その各の地理歴史国情風俗等について殆んど余す所なく、又殆んど誤る所なく記録を残した。
　　（中略）
　　「まのあたり見しにもあらぬ事どもは」しるさず、又信じないのが白石の生涯を一貫した<u>学的精神</u>で、シローテ審問の要領も亦もとよりこの軌道の上にあり、科学的訓練のない当時にあって真に異例の精神であつたが、

---

[1] 海野一隆『地図の文化史』八坂書房、1996 年 2 月、17 頁。
[2] 坂口安吾『坂口安吾全集 03』筑摩書房、1999 年 3 月、205 頁。

之に応じたシローテが又その知識に於てその誠実真摯な信仰に於て遜ゆずる所のない人物であつた。[1]（『イノチガケ』）

　新井白石による審問で一番目を引くのがその探求精神であることは、以上の引用からも分かる。白石における欧米各国の事情に対する興味は、信長時代における「鉄砲」への興味と同じであろう。白石の西洋文明への興味はまた安吾の西洋文明への呼びかけと考えてもよい。前篇では狂気への批判をテーマとし、後篇では探求精神（合理主義）への賛美をテーマとしている。一見関係なさそうな物語が一つの作品に組み合わせされているが故に「ギャップ」の問題が指摘されたのだろう。しかし、前篇であろうと、後篇であろうと、精神主義を否定するところは矛盾していない。言い換えれば、前篇と後篇共に「精神的なもの」、「精神主義」への否定という一つの主題をめぐって描かれているのである。前篇の「狂気」と後篇の「理性」とを合わせて考えれば、「狂気」を通じて「精神主義」のもとで暴走した戦争の残酷さを先に示し、そのあとで「理性」の大切さを顕彰しようとしたのではないだろうか。これで「ギャップ」の問題は自然と消滅する。大原の言葉を借りれば、この作品には「一つの血脈」があるということになる。

　太平洋戦争の時代は、「巨艦」主義から「航空機」中心の戦いへと転換しつつあった時代である。日本が敗北したのはその「変化」に技術的にも資源的にも追いついていけなかったから、とも言われている。おそらく安吾はそれを見ていたため、一九四〇年代の「皇国精神」を正統思想とした軍国政府から時代錯誤を感じたのだろう。天皇のために死ぬという新しい「国民国家」は、大量の兵士の死を強いられた。そこに精神病的な情熱を見出した安吾は、『鉄砲』の中で「信長精神」を主張する。なぜ「信長精神」が安吾の求める精神になったのかについては、切支丹たちと兵士たちが死を強いられた「殉教精神」の対極にあったのが「理性」や「合理主義」を代表とする「信長精神」だったからではないかと考えられる。切支丹殉教者と兵士を死に追いやる「感情的なもの」（「精神主義」）は、「非合理主義」を表象するが、その対極にあったのが安

---

[1]　坂口安吾『坂口安吾全集03』筑摩書房、1999年3月、210頁。

吾の呼びかけた「信長精神」であった。

　太平洋戦争が始まると、日本の思想統制は厳しくなり、無謀な、盲目的な死が極端な「名誉の死」へと変わる。死んだ兵士がやがて「神」になったとき、安吾の視線はいままで以上に鋭くなった。それはやがて前文で言及した『真珠』（1942年6月）と、後の『鉄砲』（1944年2月）など精神主義を批判し、合理主義を称える作品と化していく。切支丹たちの「狂気」批判から、「軍神」批判を経て、やがて「信長」を「理知そのものの化身」として扱う安吾の歴史作品群の流れがここに見られる。安吾にとっては、「理知と合理性」をめぐる一連の問いと試みは戦時下および戦後の大きなテーマであったといえる。

まとめ

　1937年7月の中日全面戦争の勃発を機に、文化関連の諸施策における取り締まりが強化されていった。総動員体制の元、「国民精神総動員運動」も始まる。1940年は、皇紀2600年を奉祝する事業を機に、それまでも厳しかった統制が新たな段階へと入っていく。安吾の『盗まれた手紙の話』と『イノチガケ』は、ちょうどこの皇紀2600年の年に発表されたものである。

　精神統制を支える重要な理論として、天皇による日本統治「天壌無窮の神勅」を究極の論理とする「皇国史観」がある。1937年、文部省が編纂した『国体の本義』の中では天皇を中心とする「日本精神」を核心とすることが強調された。「皇国史観」は、日本国内では天皇の権威や日本文化を徹底的に肯定し、対外的には他の民族文化を否定する性質を持つ。『盗まれた手紙の話』と『イノチガケ』の両作品は、上で論じてきたように安吾の「皇国史観」への批判が投影されている。しかし、太平洋戦争に突入すると、安吾の作品に変化が生じた。

　1942年2月に、安吾はエッセイ『日本文化私観』を『現代文学』に発表する。実は安吾の前に、ドイツの建築家ブルーノ・タウトが1936年に日本文化を称賛した『日本文化私観』を単行本で刊行している。安吾の『日本文化私観』には、タウトの日本文化賛美を反転させたところがあるが、戦争肯定も見られる。たとえば、このエッセイの中には次のような内容が出てくる。

　　ある春先、半島の尖端の港町へ旅行にでかけた。その小さな入江の中に、

わが帝国の無敵駆逐艦が休んでいた。それは小さな、何か謙虚な感じをさせる軍艦であったけれども一見したばかりで、その美しさは僕の魂をゆりうごかした。僕は浜辺に休み、水にうかぶ黒い謙虚な鉄塊を飽かず眺めつづけ、さうして、小菅刑務所とドライアイスの工場と軍艦と、この三つのものを一にして、その美しさの正体を思ひだしていたのであった。[1]

以上の引用は一見すると安吾の戦争賛美のように見えるが、実際にはどうだろう。このエッセイについて池田浩士は、こう述べている。

芸術表現における機能美の発見と提唱と推進が、ナチズムにとってもイタリア・ファッションにとっても、日本天皇制にとっても、そしてもちろんアメリカニズムにとっても、最大の武器となったことを見ることなく、かれはタウトの時代錯誤を撃ったのだった。[2]

似たようなことは林淑美も指摘している。

しかし安吾が示したタウトの復古主義への批判からわかることは、実は、オリエンタリズムというものが、その対象である国や民族内における復古主義と密通することであった。復古主義と密通するのなら、当然国粋主義とも密通する。国粋主義と密通するのなら日本主義思想とも密通する。昭和七年頃から十年代にかけて猛威を振るった日本主義的言説に、タウトが棹差すことになったのは偶然ではない。[3]

池田と林は、安吾の『日本文化私観』に、太平洋戦争下、盛んに叫ばれた超

---

[1] 坂口安吾『坂口安吾全集 03』筑摩書房、1999年3月、377頁。
[2] 池田浩士「ナチズムの視線で読む『日本文化私観』」『安吾からの挑戦状』坂口安吾研究会、ゆまに書房、2004年11月、31頁。
[3] 林淑美「安吾のオリエンタリズム批判―「日本文化私観」の射程」『坂口安吾　復興期の精神』坂口安吾研究会、双文社、2013年5月、79頁。

国家主義への批判が隠れている、と指摘している。これは先の原文引用とは真逆な意味合いが出てくる。表面的な戦争賛美でなければ検閲が通らなかった当時では、引用のような戦争支持の文が作品に出てくるのは安吾にとってやむをえないことであろう。

　1941年になると太平洋戦争へと突入し、戦争がさらに激化していき、死者が大量に生じた。「軍備の充実」を求め、兵士と国民の厭戦情緒を防ぐための重要な一環として、軍国神社が各地に作られ、国民へと浸透していった。中でも靖国神社の役割が大きかった。天皇自らが参拝、戦没者を慰霊・追悼・顕彰することによって、靖国神社の祭神として祀られる戦死こそが最高の美徳となった。安吾がそのような雰囲気の中で感じたものといえば、おそらく死没者の急増によって政府が作り上げた「名誉の死」の虚偽性であろう。安吾はエッセイ『死と鼻唄』（1941年4月）の中で「個人として戦争とつながる最大関心事はただ『死』といふこの恐るべき平凡な一字に尽きるに相違ない」[1]と述べている。安吾のこの時代の心境の反映としては『真珠』が挙げられる。『真珠』は、「国のため」に「名誉の死」を遂げ、軍国政府によって祭り上げられた「軍神」をテーマとしている。

　1942年3月6日に大本営は、真珠湾攻撃を実行した十人のうちの一人が捕虜になった事実を隠蔽した上で、犠牲になった九名の特攻隊員だけを「九軍神」の形で発表した。軍国政府が戦死者を「神」として祭り上げ、国民の意識を戦争協力の方向へ収斂させようとしたのである。太平洋戦争勃発後、統制生活がいっそう厳格になってきた背景の下、『真珠』の誕生は、沈黙さえしていられなくなった時局の反映とも言える。

　もちろん、時局に応える形で発表した『真珠』の中には、すでに『総理大臣が貰った手紙の話』と『盗まれた手紙の話』の中に出てくるような明らかな時局への皮肉は見られない。また、『真珠』については、多くの研究の中で、「死」と「情報」を描くことによって特攻隊員九名の「神性」が捨象されたという解釈がある。例えば、島田昭男はこう指摘する。

---

[1] 坂口安吾『坂口安吾全集03』筑摩書房、1999年3月、249頁。

問題をあくまでも人間の「死」に抽象化し、限定していくことによって、体制側がしきりに喧伝する戦争目的や意義を完全に捨象していこうとする意図があり、（略）その意味では坂口は体制側のプロパガンダにブレーキをかけようとしていたといえる。[1]

また、笠井潔はこう述べている。

　死という外部線を方法的に導入する作業の結果として、そこで安吾は、情念的高揚の観念的倒錯という病理を抉りだすことに成功しているのだ。[2]

　しかし、当時、『真珠』が以上のような読み方で読まれたかどうかは検討する余地が十分にある。時局に迎合しない文学など発表できるはずがない状況下では、発表したくなかったのか、したくてもできなかったのかという問題は、十分に考慮されなければならない。厳しい検閲下で、『真珠』が発禁処分にされなかったのは、おそらく同時代の読者が『真珠』を「抵抗」と読まなかったからであろう。
　真珠湾攻撃を境に、安吾の終戦までの作品は明らかに少なくなっていく。たとえば、安吾が発表した作品の篇数は、1941年14篇、1942年14篇、1943年6篇、1944年2篇、1945年（終戦まで）1篇である。終戦が近づけば近づくほど戦況が悪化していく中、政府による統制もさらに厳しさを増していった。安吾史上最大の体制迎合と言えるであろう『真珠』の後、安吾は、沈黙という形で戦時体制に抵抗することを選んだのではなかろうか。そして、終戦後、やがて安吾の輝く時代がやって来る。

---

[1] 島田昭男「「真珠」論」『日本文学』21(8)、日本文学協会、1972年8月、78頁。
[2] 笠井潔「第4の選択―「真珠」と「日本文化私観」」『現代思想』18(8)、1990年8月、86頁。

第 2 章

戦時から戦後へ

　終戦から亡くなる 1955 年まで、安吾は旺盛な精力で創作活動を続けていたが、終戦直後の大混乱を抜け出ようとするエネルギーおよび再度の戦争への危惧から、ここには安吾の平和への憧れが感じられる。安吾の文学は政治情勢から受けた影響が大きいが、戦後 10 年間の安吾文学に影響を与えた政治の分水嶺は、朝鮮戦争である。終戦直後から朝鮮戦争まで、安吾は、日本が戦争に暴走した原因を文化の面から探索することで、国民に日本再建の自信を与えようとした。朝鮮戦争の勃発によって、戦争放棄をしたはずの日本が再軍備へと方針転換した。安吾は再び戦争が起きるかもしれないであろう不安の中で、再軍備反対、戦争反対の作品を書くようになる。

　終戦直後、焼け跡に立たされた日本人が直面したのは、食糧不足、「一億総懺悔」、連合国軍による日本占領、天皇の「人間宣言」、戦時下モラルの否定、社会全体の民主化などであった。巨大な破壊は、空襲による都市の破壊だけでなく、「神国」日本神話の終結による観念上の混乱でもあった。物質的にも精神的にも滅亡寸前まで追い詰められた日本人に自信をつけさせるために、安吾は日本再建を図るエッセイと小説を発表する。たとえば、エッセイ『堕落論』(1946 年 4 月)、短編小説『白痴』(1946 年 6 月)、エッセイ『天皇小論』(1946 年 6 月)、エッセイ『続

堕落論』（1946年12月）などである。安吾は、日本が戦争に走った原因の一つは権力者が案出した武士道や天皇制のようなシステムにあると考え、日本再建のためにはそれらのシステムを無くさなければならないと主張した。

戦後、安吾は『白痴』を発表し、文壇で人気を集めた。『白痴』とセット作品として論じられてきた『堕落論』の中で安吾は、「今日の軍人政治家が未亡人の恋愛に就いて執筆を禁じた如く、古の武人は武士道によって自らの又部下達の弱点を抑える必要があった」と述べ、武士道と天皇制は権力者によって案出されたカラクリであり、そのカラクリの必要性自体がその虚偽性の証拠になると主張し、政治家たちが創作した「規範」の虚偽性について批判した。

そして、『白痴』と同じ月に発表したエッセイ『天皇小論』において、改めて日本最大のカラクリである天皇制の虚偽性を批判した。

> 日本は天皇によって終戦の混乱から救はれたといふが常識であるが、之は嘘だ。（略）今度の戦争でも天皇の名によって矛をすてたというのは狡猾な表面にすぎず、なんとかうまく戦争をやめたいと内々誰しも考えており、政治家がそれを利用し、人民が又さらにそれを利用しただけにすぎない。[1]

安吾の考えでは、国民は終戦を望んだが、それは自らの意志ではなく、天皇の意志を媒介しないと自ら納得はできないというのである。このことは終戦の際、国民がわざわざ皇居に集まることと根本的に同じことであり、つまり、天皇の意志を介して自分の国民性を確認しようとしたということである。安吾は、天皇を利用して繰り返し自分に都合のいい政治制度を作り出したことが、国民の自我の欠如に帰結したとし、その確立こそが日本再建のカギだと考えていた。安吾は『続堕落論』の中で、「農村文化から都会文化に移ったところに日本の堕落」があるという当時の言い方に対し、農村には文化がないと反論し、「自我の省察のないところに文化の有りうべき筈はない」として、文化の由来は「自我の内省」と深く関係していると主張した。

---

[1] 坂口安吾『坂口安吾全集 04』筑摩書房、1998年5月、86頁。

戦後、1946年から1947年までの間に安吾は一連の肉体小説と肉欲を賛美するエッセイを発表する。例えば、エッセイ『欲望について』（1946年9月）の中で媚態を徳性や勤労とする娼婦のマノンが賛美されている。肉体小説は、言論統制から解放されたことを表象するが、安吾のいう「堕落」、「自我の確立」は、小説の中で肉欲的にのみ生きる男女に化して表していると考えられる。小説『白痴』、『外套と青空』（1946年7月）、『いづこへ』（1946年10月）、『戦争と一人の女』（1946年10月）、『続戦争と一人の女』（1946年11月）などの作品の中で肉欲はくりかえし描かれている。

しかし、『白痴』に限っては、名前が付けられずに「白痴の女」として表現されている。「白痴の女」における「白痴」性と名前すらない「女」の二つの要素は、安吾のいう「裸」のイメージとぴったり合うと考えられる。安吾の肉体文学は、「堕落」の意味がその中に含まれているだけでなく、戦後解放された社会の一縮図でもある。

戦時体制下、日本人の身体は、厳しい管理のもとにおかれ、愛国的な身体として作り上げられた。身体検査で「不健康」と見られた身体は、「国民体力法」（1940年）と「国民優生法」（1940年）に基づいて取り締まられた。国家はさらに、町内会や部落会を組織することで、国民の相互監視を強化した。そのような体制下で、国民は身体的に従順でなければならなかった。しかし、敗戦によって、長い間抑圧された感情は肉体的な解放に寄託された。

五十嵐恵邦が「性的な悦びの探求は、日本人の肉体が戦後になって解放されたことを象徴し、身体的な犠牲を要求した管理体制への不服従を意味した」[1]と指摘したように、戦後、肉体文学の登場、およびその中に現れた「淫乱」は、戦前の抑圧された体制への宣戦布告とも言える。

もちろん、性的な解放は、戦後一連の民主改革がもたらした必然的な結果であるが、GI相手のパンパンからの影響も無視できない。象徴的な作品には野間宏の『暗い絵』（1946年）と田村泰次郎の『肉体の門』（1947年）がある。『肉体の門』は、1948年に映画化され、話題になった。安吾が同じ時期に一連の肉

---

[1] 五十嵐恵邦『敗戦の記憶—身体・文化・物語　1945—1970』中央公論新社、2007年12月、89頁。

体小説を創作したのもこのような時代背景にあったからだと考えていい。

　解放の顕現は、肉体小説だけでなく、アメリカ主導のもとで作られた新憲法への称賛を通じても表れている。安吾が『堕落論』や小説の中で書いた制度・カラクリについて林淑美はこのような解釈を述べている。

　　「社会制度」からハミでるためには、あるいは制度から自由になるためには、たった一つの方法しかないように思われる。それは、<u>社会制度に随伴し社会制度を再生産する意識の制度に逆らうことしかない</u>のではないか。意識の制度に逆らうのにもっとも「便利な近道」が、〈堕落〉だと安吾がいうのである。[1]

　安吾が新憲法を称賛した原因の一つは、それが「社会制度を再生産する意識の制度」をなくすための重要な一環にあったからだと考えられる。

　アメリカの主導によって新憲法が制定され、各法律も大幅に改正された。戦後の大混乱に伴って激増していた犯罪事件の中には、法律改正の時流に乗って金銭などを手に入れようとするための事件もあった。安吾にとって、殺人事件は戦争の表象であるが、法律改正に乗ずる犯罪事件もまた戦後解放改革の表象でもあった。安吾はその世相を探偵小説と犯罪小説の中に描きこんでいる。たとえば、『明治開化　安吾捕物』（1951年1月～1952年8月）では、明治時代の貴族の犯罪事件を借りて、戦後改革が貴族に与えた打撃を描いた。『不連続殺人事件』（1947年8月）、『復員殺人事件』（1949年8月～1950年3月）などの探偵小説には、犯罪と戦争、改革の関係が描かれている。

　本章の第一節では、四つの作品『白痴』、『外套と青空』、『女体』、『不連続殺人事件』を通して、終戦直後の大変動の中での安吾の戦争、日本文化（政治制度）、占領、解放に対する理解がいかなるものであったかの解明を目的とする。

　その後、終戦の混乱を通り抜け、復興を遂げつつあった一九五〇年代を迎え

---

[1] 林淑美「坂口安吾と戸坂潤─「堕落論」と「道徳論」の間」『文学』3（2）、岩波書店、2002年3、4月号、215頁。

るが、朝鮮戦争の勃発によって日本は新たな十字路に立たされる。アメリカの朝鮮戦争に協力することで日本経済は軍需景気を享受することとなるが、一連の条約によって、再軍備の道を進むようになった。日本の再軍備の傾向に対し、安吾は『もう軍備はいらない』（1952年10月）を発表して再軍備への強烈な反発を示した。

> 現在どこかに本当に戦争したがっている総理大臣のような人物がいるとすれば、その存在は不気味というような感情を全く通りこしている存在だ。同類の人間だとは思われない。理性も感情も手がとどかない何かのような気がするだけだ。しかし私はその実在を信じているわけではない。むしろ、そういう誰かは存在しないのじゃないかと考える。それほどのバカやキ印は考えられない気になるからだ。
> けれども、日本の再軍備は国際情勢や関係からの避けがたいものだと信じて説をなす人は、こういう奇怪な実力をもった誰かの存在を確信しているのだろうか。そんな考えの人も不気味だね。[1]

また、原子爆弾の巨大な破壊力に対し、「破壊力が忍術の限界を越えた時が、戦争をやめる時だそうだ」（『明日は天気になれ―忍術』1953年1月～1953年4月）と主張した。

一方、安吾は、元日に皇居前に集まり、「天皇にだけしか目が届かんという」庶民たちの姿を見て、象徴天皇制になっても戦時下と変わらない天皇の強大な影響力を感じていた。安吾は、その庶民たちを「皇居前で拍手をうつ集団発狂」と呼び、「もはや日本は助からない」（『安吾の新日本地理―安吾・伊勢神宮にゆく』1951年3月）と憂慮の声を発した。

再軍備に対して強い警戒心を示した安吾は、天皇制が再び担ぎ出されるのではないかという危惧から、自分なりの歴史探索を行い、地理譚・史譚（『安吾の新日本地理』（1951年3月～1951年12月）、『安吾史譚』（1952年1月～1952年7月）、『安吾新日本風土記』（1955年2月～1955年3月）を書いた。

---

[1] 坂口安吾『坂口安吾全集12』筑摩書房、1999年1月、544頁。

この地理譚・史譚の主題の一つが、天皇家との関係である。例えば、安吾は『安吾の新日本地理—飛鳥の幻』の中で象徴天皇への不信を示した。

> 天皇は国家の象徴だという言い方もアイマイで、後日神道家の舌に詭弁の翼を与える神秘モーローたる妖気を含んでいるね。天皇家はかつて日本の主権者であった立派な家柄さ。日本歴史に示されている通りの第一の家柄さ。そして、他の日本人よりも特に古いということはないが、歴史的に信用できる系図を持つものとしては日本最古の家柄さ。歴史の事実が示す通りに、それだけのものなのだ。そして人間がそれに相応して社交的にうけるような敬意をうければ足りるであろう。[1]

安吾の不信には、日本が再軍備の次に、天皇制の名のもとで再び戦争に暴走するのではないかという懸念が流れている。もちろん、戦後の安吾は戦時下の延長で歴史小説を多産していた。たとえば、『道鏡』（1947年1月）、『家康』（1947年1月）、『二流の人』（1947年1月）、『信長』（1952年10月）、『真書太閤記』（1954年8月〜1955年4月）、『狂人遺書』（1955年）などである。しかし、そのような歴史小説は安吾独特の地理譚・史譚とは異なるものである。後者は天皇家に拘っており、創作時期が一九五〇年代以降だという二つの点から見ると、おそらく安吾の歴史探索は再軍備の刺激を受けて発想されたものではないかと考えられる。

川村湊は安吾の歴史観を「戦前のいわゆる皇国史観とも、戦後のマルクス主義的な唯物史観とも違った、いわば"安吾史観"」[2]と呼ぶべきものだと言っている。川村は「安吾史観」の一つの特徴を以下のようにまとめている。

> 支配階級中心主義とでもいうべき、支配者、日本史においては天皇、貴族階級、さらに将軍、執権といった武士階級などが歴史の中心であるとい

---

[1] 坂口安吾『坂口安吾全集 11』筑摩書房、1998年12月、183頁。
[2] 川村湊「坂口安吾の歴史観」『国文学：解釈と鑑賞』58（2）、1993年2月、68頁。

う考え方に対する安吾の反発、反感である。[1]

おそらく安吾は、自ら天皇家と蘇我氏の歴史を自作するために各地で実地調査し、いわゆる「歴史を探偵」し、史実を導き出し、自分なりの史観を通して、天皇信仰の欺瞞性を暴こうとしたのではないだろうか。たとえば、『安吾の新日本地理—飛鳥の幻』（1951年6月）、『安吾の新日本地理—飛騨・高山の抹殺』（1951年9月）、『飛鳥の顔』（1951年9月）の中では、飛騨王朝の存在を確信し、天皇家の歴史、万世一系などは嘘だと主張している。安吾は、『安吾の新日本地理—飛鳥の幻』の中で次のように述べている。

> 歴史的事実としても神代乃至神武以来の万世一系などというものはツクリゴトにすぎないし、現代に至るまでの天皇家の相続が合理的に正統だというものでもない。むしろお家騒動、戦争ゴッコの後の相続が甚だ少くないのである。しかし、そんなことは民衆の自然の感情には問題ではないのだ。[2]

そして、安吾は以上の「歴史探偵」の成果のもとで小説『夜長姫と耳男』（1952年6月）を創作した。これは、飛騨を背景としており、安吾の地理譚・史譚と密接な関係がある。

朝鮮戦争勃発後、安吾の再軍備反対、ひいては戦争への不安は、象徴天皇制を貫くものであり、作品の中で天皇制、および天皇制がもたらすであろう戦争への不安を隠せなかった理由でもある。本章の第二節は、短編小説『狼大明神』（1952年5月）、短編小説『神サマを生んだ人々』（1953年9月）、長編小説『狂人遺書』（1955年）を通じ、安吾の憂慮を具体的に明らかにしていく。

---

[1] 川村湊「坂口安吾の歴史観」『国文学：解釈と鑑賞』58（2）、1993年2月、69頁。
[2] 坂口安吾『坂口安吾全集11』筑摩書房、1998年12月、182頁。

第1節　坂口安吾における戦後社会の「実相」
（1945年～1950年）

1　『白痴』における〈明日の希望〉の意味

一、先行研究

　『白痴』は、1946年6月1日に『新潮』に発表された短篇小説であり、発表された当時は必ずしも積極的な評価はされていなかった。たとえば、平野謙は次のように述べている。

　　空襲をのがれたとき、一旦新しい人間の蘇生を錯覚するが、その実態は依然として「豚」の醜悪にほかならなかった。何をたよりに「明日の希望」を把もう？そこで小説は終っている。しかし、「明日の希望」とは陳腐ではないか。問題は空転し、そもそもの出発点から後退している。「明日の希望」なぞはじめからありはせぬ。傑作になりそこねた力作にとどまる所以だろう。[1]

　平野は、「白痴の女」が最後まで「豚」の「醜悪」にとどまり、「明日の希望」などあるはずがないと思っており、結末が稚拙だと評価している。また、十返肇も似たような評価を下している。

---

[1] 平野謙「坂口安吾「白痴」「外套と青空」」（『人間』1946.10『坂口安吾研究Ⅰ』関井光男ら、1972年12月、冬樹社）45頁。

『白痴』は周知のように四月十五日の大空襲を背景にして、死と直面した時はじめて白痴女に人間的感動を覚えた男が、やがて死の恐怖が去るとともに再び絶望の世界へ沈潜する精神状態を描いた傑作である。かくて、この作品は男の漂流の<u>想い</u>を遥かに絡ませながら終っているが、なぜ白痴女にたいして男が生命の瀬戸際で覚えた感動は、そのようにも<u>儚いもの</u>であったろうか。なぜ男はその感動を抱きつづけて成育させ女との新しい生活に向かって進もうとしなかったのであろうか。[1]

十返は、二人が新しい生活に向かわず、「想い」のみで、「儚いもの」に終わっている点に疑問を抱いている。つまり、平野も十返も『白痴』の結末の書き方に疑問を抱き、それが小説全体の評価に影響していると述べている。

一九七〇年代に入ると、『白痴』への評価は一転して好転する。たとえば、吉田恵美子は次のような高評価を下している。

　　　『白痴』が衝撃的であったのは、おそらく崩壊の中にあって安吾が追求したものが、人間社会の成立と回復のための安固な恒常性ではなくて、崩壊そのものの中にあったからであろう。そして『白痴』における崩壊の追求は、同時に作家坂口安吾の戦後的な文学的世界の確立の第一歩でもあったのである。[2]

その後の研究はほぼこの方向に沿ってなされている。たとえば、前田角蔵は、次のように述べている。

　　　「白痴」の事件とは、まず何よりも、〈男〉と〈女〉の複雑な関係を取り払っていけば、そこに残るのは愛といった幻想観念ではなく、「ねぐら」

---

[1] 十返肇「坂口安吾論」『坂口安吾研究Ⅰ』関井光男ら、1972年12月、冬樹社、126頁。
[2] 吉田恵美子「「白痴」小論―坂口安吾における戦後の出発点」『近代文学研究』6号、1970年6月、20〜21頁。

と「性欲」といった案外、単純な関係でしかないのではないかと差し出したところにこそあるのではないか。実際、人間を呪縛してきた「人間の殻」＝社会的な「掟」＝法律、制度、観念などのいわゆる文化の虚偽性＝幻想性をことごとく剥ぎ取ることで、一対の男女を「ねぐら」と「性欲」の関係といった地平へと連れ出したところにこそ「白痴」の最大の功績があった。[1]

また、先行論の中では、安吾が同年４月に発表したエッセイ『堕落論』と両輪的な作品と捉える場合が多い。たとえば、花田俊典は次のような評価をしている。

「白痴」はいかにも、伊沢なる青年の絶望的な自己解体をとおしての自己発見（もしくは自己創造）への物語で、その執筆時期を考えあわせても、まさに「堕落論」の発言を受けての小説であったにはちがいない。（略）言いかえるなら、「堕落論」の基調をなす発言自体は、いわば彼においては既存の〈思想〉の戦後世相への一種の応用であったにすぎない。[2]

まとめれば、『白痴』の先行研究は、終戦直後の混乱と希望との関係を中心になされている。本論は、『白痴』と『堕落論』の両輪的な関係を確認しながら、「明日の希望」がどのように描かれているのかについて再度検討していきたい。

二、「白痴の女」の意味

『白痴』は三つの部分に分かれている。第一部では、伊沢と白痴の女の生活環境が紹介されている。人間と動物が区別なく、モラルから逸脱した世界で、エリートの伊沢は白痴の女と出会い、「白痴の女」から「新鮮な再生」を見出

---

[1] 前田角蔵「愛の始源へ―「白痴」論」『文学の中の他者―共存の深みへ』1998年９月、菁柿堂、162頁。

[2] 花田俊典「白痴」評釈、久保田芳太郎・矢島道弘編『坂口安吾研究講座Ⅱ』三弥井書店、1985年11月、43～44頁。

す。白痴の女が欲しくなるが、世間の目を恐れたため、あえて距離を置いている、といった展開が描かれている。第二部になると、二人は同棲生活に入り、「白痴の女」は「肉欲」のみと化した存在になる。そして、3月10日の大空襲に直面した時、白痴の女は「本能的な死への恐怖と死への苦悶があるだけで、それは人間のものではなく、虫のものですらもなく、醜悪な一つの動きがあるのみだった」[1]。伊沢は白痴の女から「醜悪」しか感じられず、女の方もすべてを破壊する空襲を待ち構える。第三部では、4月15日の大空襲を背景に、激しい爆撃に直面したとき、白痴の女の死を期待していた伊沢が、彼女を救出し、一緒に逃げた場面が描かれている。伊沢と白痴の女は最終的に一緒に逃げた、あるいは一緒にいたのである。

　白痴の女は、気違いの女房で、気違いが四国遍路に旅立った時、遍路みやげに連れてきた美しい顔立ちの女性であった。しかし、言葉意識がなく、家事もできず、気違いと姑にいじめられると「虫の抵抗の動きのような長い反復」しかできない。そのような白痴の女は、ある日、おそらく気違いか姑に殴られ、逃げ場あるいは愛情を求め、伊沢の家に侵入する。2回にわたる空襲を経て、伊沢は、この「二百円の悪霊すらも、この魂には宿ることができない」白痴の女から素直さとふるさとを発見したのである。伊沢は白痴の女に対し、「人間の最後の住みかはふるさとで、あなたはいわば常にそのふるさとの住人のようなものなのだから」（『白痴』）と述べている。

　「ふるさと」という言葉は安吾の愛用語で、彼の作品によく出てくる言葉の一つである。安吾はエッセイ『文学のふるさと』（1941年7月）で、「凡そモラルというものが有って始めて成立つような童話の中に、全然モラルのない作品が存在する」と書いている。そして、それを証明するために三つの物語を挙げている。一つ目は童話『赤頭巾』で、可愛い少女がお婆さんに化けた狼に食べられてしまう。二つ目は狂言の一例で、大名が寺詣に行った際、屋根の鬼瓦が女房に似ていると思って泣き出す。三つ目は『伊勢物語』の中の一例で、三年間口説いてやっと思いがかなった男が女を連れて駆け落ちしようとしたところ、女が鬼に食べられてしまうというものである。確かに安吾が言うように、

---

[1] 坂口安吾『坂口安吾全集04』筑摩書房、1998年5月20日、76頁。

三つの話には、モラルや教訓といったものが全く感じられない。安吾はさらにこう続ける。

> モラルがないこと、突き放すこと、私はこれを文学の否定的な態度だとは思いません。むしろ、文学の建設的なもの、モラルとか社会性というようなものは、この「ふるさと」の上に立たなければならないものだと思うものです。[1]（『文学のふるさと』）

可愛い娘、愛する女が食べられた。ただそれだけの話であり、救いようがなく、慰めようもない。安吾はモラルのない文学を肯定し、モラルのないこと自体がモラルであると主張したのである。

> 生存の孤独とか、我々のふるさとというものは、このようにむごたらしく、救いのないものでありましょうか。私は、いかにも、そのように、むごたらしく、救いのないものだと思います。（中略）モラルがないということ自体がモラルであると同じように、救いがないということ自体が救いであります。
> 私は文学のふるさと、或いは人間のふるさとを、ここに見ます。[2]（『文学のふるさと』）

安吾は、「モラルがない」ことに「ふるさと」を見出している。つまり、安吾が言う「ふるさと」とは、人間の原始のままの、道徳や背徳観念が一切ない純朴・素朴のことなのである。

『白痴』において、伊沢は「白痴の女」のことを「ふるさとの住人」と言っているが、これは「白痴の女」に「社会」的気配がないこと、人間の本性のままであること、純朴であること、を指すのであろう。「白痴の女」は自分で生きる手段も言葉も持たない。「〈白痴の女〉の肉体は、手段化されない肉体で

---

[1] 坂口安吾『坂口安吾全集 03』筑摩書房、1999 年 3 月、267 頁。

[2] 同上、269 頁。

あり、そこには直接的な生がある。従って伊沢もまた、〈白痴の女〉と共に過ごす部屋の中に、直接的な生を感じ、それは、伊沢が求めていた〈世間〉からの逸脱と結びついている。ここに伊沢の〈白痴の女〉との連帯感が生まれる。」[1]
「手段化されない肉体」というのは、生きるために工夫する観念を持たず、肉体を利用して、食べていくために工夫しないことである。「白痴の女」の素直さは人間本性からのものである。倫理的虚飾のもとで人間の本性から遠ざかる伊沢が「白痴の女」に「新鮮な再生」を感じたのは、自分の中に眠っていた人間本性が目覚め始めたからだ、と考えることができる。

　　　白痴の女よりもあのアパートの淫売婦が、そしてどこかの貴婦人がより人間的だという何か<u>本質的な掟</u>が在るのだろうか。けれどもまるでその掟が厳として存在している<u>馬鹿馬鹿しい</u>有様なのであった。[2]（『白痴』）

ここの「本質的な掟」は「ふるさと」と真逆の意味を持っている。前述のように「ふるさと」はモラルがないことを指す。だとすれば、「本質的な掟」は人間社会の道徳、法律、秩序を指すこととなる。ここでの意味は簡単に言えば、おそらく生き残るための手段であろう。「人間」として生きるために、「人間社会」が成り立つためには、「本質的な掟」が必要である。伊沢はそれを「馬鹿馬鹿しい」と言う。これはつまり「人間社会」の掟への否定である。売淫婦と貴婦人たちも社会に生きるために差異なく工夫し、理屈し、様々な手段を使う。しかし、「白痴の女」にはそのような気配は一切ない。それは伊沢の「白痴の女」に対する肯定である。
　安吾は「人間本性」のままに生きる「白痴の女」を称賛し、「本質的な掟」に従って生きる売淫婦と貴婦人らを否定している。これは安吾にとって「人間本性」の姿こそ人間の正しい姿だからである。「人間の、又人性の正しい姿とは何ぞや。欲するところを素直に欲し、厭な物を厭だと言う、用はただそれだ

---

[1] 安蒜貴子「坂口安吾「白痴」論」、『国文白百合』（通号 38）白百合女子大学、白百合女子大学国語国文学会、2007 年 3 月、41 頁。

[2] 坂口安吾『坂口安吾全集 04』筑摩書房、1998 年 5 月 20 日、72 頁。

けのことだ」（『続堕落論』）。人間は生きるために、便利な生活のために、たくさんの社会制度や政治制度などという「掟」を作り出した。天皇制も武士道も、「節婦は二夫に見えず」という制度まで、すべては権謀術数のために政治家たちが作り出したものに過ぎない。そして、作ること自体、一連の制度に従って行動するのが人間の本性ではないことを証拠づける。

安吾は人間が正しい姿に戻るために声高に叫んでいる。

　　大義名分だの、不義は御法度だの、義理人情というニセの着物をぬぎさり、赤裸々な心になろう、この赤裸々な姿を突きとめ見つめることが先ず人間の復活の第一の条件だ。そこから自分と、そして人性の、真実の誕生と、その発足が始められる。[1]（『続堕落論』）

安吾の理論では、人間の赤裸々な姿、つまり人間本来の姿に戻る手段は「堕落」である。安吾のこうした心情は伊沢の心情でもある。伊沢にとって、「白痴の女」こそ自分の理想の赤裸々な姿の女なのである。伊沢は、親近感を持っていながら肉体行為に及ばない理由を女に説明しようとするが、言葉を持たない「白痴の女」には分かってもらえない。「実態はともかく彼が白痴と同格に成り下る以外に法がない」ということによって、伊沢は自分も「白痴の女」と同様に「堕落」する可能性を知らず知らずのうちに自分の内に発見したのである。つまり、これからの伊沢は「言葉」ではなく、「白痴の女」がコミュニケーション手段とする「肉体」によって彼女と交流しようとする。「白痴の女」から「新鮮な再生」を見出すこと、人間本来の姿から遊離することに気づくこと、自覚せずに白痴と同格に成り下がろうとすること、これは、伊沢の「再生」への通過儀礼である。

三、伊沢の心理的な変化

安吾は、「敗戦の表情はただの堕落にすぎない」、「堕落という真実の母胎によって始めて人間が誕生したのだ」（『堕落論』）と叫び、エッセイ『現代

---

[1] 坂口安吾『坂口安吾全集04』筑摩書房、1998年5月20日、274頁。

の詐術』（1947年12月）の中で、次のように述べている。

　　私も中世を好まない。中世よりも古代、原人の倫理を好み、中世に復帰するなら古代に、まず原人に復帰したいと考える。カミシモをぬぐなら、カミシモだけぬいで中世にとどまるよりも、フンドシまでぬいで原人まで戻ろうというのが私の愛する方法だ。[1]

　安吾にとって、軍国政府が発動した戦争は間違いであり、その間違いを正すものは「堕落」でしかなく、「戦後の表情はただの堕落」であるため、人々は戦後を生き抜けるのである。
　伊沢の白痴の女への思いは、世間の目を気にしていた当初から、モラルなどを一切捨てて、白痴の女と一緒に逃げるまでに発展した最終部分へと変化を遂げている。空襲の前では、道徳も秩序も規範も、一切が無意味となる。
　作品の最後になると、伊沢は「白痴の女」のことを豚と思わなくなっている。

　　伊沢が、もはや思考を放棄したというのである。「白痴の女」が「豚そのもの」だと知らされたからだけではない。むしろ、そう名づけて理解しようとする精神の営為自体の徒労なることを、したたか一方で感じはじめているからにほかならない。[2]

　伊沢はすでに何もできなくなり、何もしなくなり、自然に任せてそのままにしている。彼が「大きな疲れ」を感じたのは、「世間」から抜け出す過程の苦労、どうしようもないことが分かってすべてを諦めたときの疲れである。「小さな安堵」は、伊沢がもう何もしなくてもいい、このまま堕ちるままに任せればいいと分かったときの安心感である。
　「白痴の女」に対する伊沢の考えも少しずつ変わってくる。感動する→嫌悪

---

[1] 坂口安吾『坂口安吾全集06』筑摩書房、1998年7月、217〜218頁。
[2] 花田俊典「「白痴」評釈」、久保田芳太郎、矢島道弘編『坂口安吾研究講座2』三弥井書店、1985年、54頁。

して殺そうとする→「白痴の女」のように堕ちて彼女とともに生きて行こうとする。伊沢はこういった感情の変化を経験する。その「心変わり」こそが伊沢の「堕落」である。伊沢が感じた「安堵」は、「堕落」に対する心からの承認と言える。

　4月15日の大空襲後、伊沢は「白痴の女」を捨てる張り合いもなくなる。そして、「崩れたコンクリートの蔭で、女が一人の男に押えつけられ、男は女をねじ倒して、肉体の行為に耽りながら、男は女の尻の肉をむしりとって食べている」、ここは、伊沢が女の尻の肉を食べることによって、「白痴の女」と同等の豚に成り下がった。認めたくなくても認めざるをえなかった人間の「本能」あるいは「肉体自体の思考」への完全な受け入れ、またはその実行でもある。すべてを失った後の伊沢にできることは、まず堕ちることである。そして、堕ちたところから「昇ろう」としている。作品の結びは、こうなっている。

　　夜が白んできたら、女を起して焼跡の方には見向きもせず、ともかくねぐらを探して、なるべく遠い停車場をめざして歩きだすことにしようと伊沢は考えていた。電車や汽車は動くだろうか。停車場の周囲の枕木の垣根にもたれて休んでいるとき、今朝は果して空が晴れて、俺と俺の隣に並んだ豚の背中に太陽の光がそそぐだろうかと伊沢は考えていた。あまり今朝が寒すぎるからであった。[1]（『白痴』）

　伊沢はこの時初めて本格的に「本能」を受け入れ、すべての面で「白痴の女」と同じ地平線に立たされた。すべてがなくなり、伊沢は「白痴の女」のように、人間として一番基本の「ねぐら」、「性欲」、「眠り」の問題に直面する。「世間」とか文化とか道徳とかは一切重要ではなく、最も重要なのは人間としての基本的、原始的問題となる。そして、終着点と出発点の象徴である「停車場」を目指す。「裸となり、ともかく人間となって出発し直す必要がある」（エッセイ『続堕落論』）。ここで言う「人間」は、伊沢の言っていた「ふるさとの住人」と言える。言い換えれば、道徳の制服を脱いだあと、モラル・法律・基

---

[1] 坂口安吾『坂口安吾全集04』筑摩書房、1998年5月20日、85頁。

準などの文化的虚偽性が一切なく、純粋きわまる原始のままの人間のことである。伊沢は今裸にさせられたが、それは新たな出発の可能性でもあり、伊沢が再び生きていこうとする意志の証でもある。

磯貝英夫は『私小説の克服』という論文において、安吾作品の一つの特徴として、登場人物および作品全体がまず「下降」し、「下降」した後はまた「上昇」する傾向がある、と指摘している。いわゆる「下降」による「上昇」、「下降」あってこその「上昇」である。戦争下の極限状態で絶望に陥っていた伊沢が二転三転し、最後は自分の「エリート」という着物を剥ぎ取り、自分の最も見下していた「白痴の女」と同格になることは「下降」の意図だと考えられる。伊沢はただすべてを放棄しただけで、それは終わりを告げるわけではなく、新たな出発のためである。伊沢がそこに至った極めて重要な要素は空襲そのものであり、空襲や戦争が「偉大」と称されるべき要因はそこにある。

四、堕落とその条件としての大空襲

『白痴』は、1945年3月10日と4月15日の東京大空襲を背景としている。『白痴』を読むと、その空襲の場面から『真珠』に出てくる真珠湾攻撃の描写が連想される。1941年12月8日、10名の特攻隊員が真珠湾攻撃を実行したことで、太平洋戦争が全面的に勃発した。米軍による東京をはじめとする日本各地への空襲は、まるで1941年の日本による真珠湾攻撃への復讐のようである。安吾は、真珠湾攻撃の時から東京大空襲の到来を予想していた。『真珠』の第二部分の最後の段落においては、アメリカによる討ち返しを恐れる日本人といった内容が描かれている。

> 必ず、空襲があると思つた。敵は世界に誇る大型飛行機の生産国である。四方に基地も持つてゐる。ハワイをやられて、引込んでゐる筈はない。多分、敵機の編隊は、今、太平洋上を飛んでゐる。果して東京へ帰ることができるであらうか。汽車はどの鉄橋のあたりで不通になるであらうか。[1]

---

[1] 坂口安吾『坂口安吾全集03』筑摩書房、1999年3月23日、398頁。

戦争イデオロギーが溢れた日常生活の中にあり、安吾はアメリカとの戦争の非合理性を冷静に認識していたのである。安吾の認識では、アメリカによる復讐で日本は襲撃されるはずであるが、技術的に日本はアメリカの復讐に対応できるはずがなかった。安吾以外にも、当時、真珠湾攻撃をよく思っていなかったメディアもあった。たとえば、『朝日新聞』（1941年12月10日）は東京朝刊に「敵機は来るか」という社説を発表した。この社説の中でアメリカの戦闘機と日本の戦闘機を理性的に分析したうえで、日本軍はアメリカ軍に勝てないという結論を下した。

　　第一線機の性能と数は徒らにわが荒鷲の戦果を拡大するに役立つばかりだが、しかしヤンキー式の途方もない無鉄砲さを持っているだけに、日本は空襲圏外に安全だと断言出来ない。

結局、1941年12月8日の太平洋戦争の開戦から、1945年8月15日の終戦まで、アジア諸国だけでなく、日本人自身も悲惨な状況のどん底に陥り、主要都市が次々に焦土と化していった。「空襲による焼失・破壊家屋は、四百九十万戸、被災者八百八十万人、軍事以外の戦争被害額、四兆二千億円（一九四八年―昭和二十三年―の価格による）という惨禍である。」[1]（括弧原文）

1942年3月、真珠湾攻撃を実行した9名の特攻隊員は大本営発表によって、「軍神」として祭り上げられた。彼らが「軍神」となった時、それはすでにたった一度の攻撃を実行した英雄に止まらず、皇国史観を基盤とする戦争イデオロギー下の、一億総動員体制のシンボルとまでなったのである。

安吾は『堕落論』の最初に「半年のうちに世相は変った。醜の御楯といでたつ我は。大君のへにこそ死なめかへりみはせじ。若者達は花と散ったが、同じ彼等が生き残って闇屋となる」と書いている。その「若者達」、「同じ彼等」とはいうまでもなく特攻隊員たちのことである。戦後、死ぬための訓練をしていたこうした特攻隊員たちは一気に無用の人間となり、生きる手段さえ持たず、

---

[1] 牛島秀彦『九軍神は語らず』光人社NF文庫、1999年6月、7頁。

犯罪などを犯したりして、世間の注目を集めた。安吾は『堕落論』の最初でそのような特攻隊員にあえて言及しているが、それは特攻隊員たちの戦後における「堕落」行為が人々の中でどれほど話題になったかが伺える一方、安吾自身の特攻隊員たちへの関心も垣間見える。

戦時下、すべての日本人は、現人神・天皇の皇民であり、「軍神」は皇民の進むべき最高の指標であったが、戦後、「大快挙・栄光の真珠湾攻撃」は否定され、「九軍神」の天皇のための崇高なる犠牲は犬死となった。戦中から戦後にかけて、特攻隊員は「軍神」と称揚された存在から「特攻くずれ」とさえ呼ばれる存在に転落しているが、それは戦中から戦後にかけての価値転換の象徴でもある。そして、そこには戦中の各社会制度やカラクリの虚偽性が暴露されているのである。

『真珠』は「九軍神」を話題にしながら、「九軍神」の偉大な功績についてはほとんど描かれていない。むしろ、銃後の庶民の厭戦情緒が描かれている。安吾は、『真珠』において「九軍神」のことを称えていないが、『堕落論』の中で特攻隊員たちのことを批判したとも思えない。彼は、エッセイ『特攻隊に捧ぐ』（1947年）[1]の中で、特攻隊員に再び言及している。

> 私はだいたい、戦法としても特攻隊というものが好きであった。人は特攻隊を残酷だというが、残酷なのは戦争自体で、戦争となった以上はあらゆる智能方策を傾けて戦う以外に仕方がない。（中略）戦争は呪うべし、憎むべし。再び犯すべからず。その戦争の中で、然し、特攻隊はともかく可憐な花であったと私は思う。[2]

安吾は最終的に、「私は戦争を最も呪う。だが、特攻隊を永遠に讃美する」（『特攻隊に捧ぐ』）という言葉で特攻隊員たちへの思いをしめくくっている。

安吾にとっては、「人間が変ったのではない。人間は元来そういうものであ

---

[1]「特攻隊員に捧ぐ」は、1947年2月1日発行で掲載予定だったが、GHQの検閲により削除されたそうである。

[2] 坂口安吾『坂口安吾全集16』筑摩書房、2000年4月、740〜741頁。

り、変ったのは世相の上皮だけのこと」（『堕落論』）であり、特攻隊員たちも別に変ったわけではないのである。安吾が言うように「天皇制というものも武士道と同種のもの」であり、藤原氏が天皇を拝してきたこと、「武人は武士道によって自らの又部下達の弱点を抑える」こと、日本の政治家が天皇制を擁護することなどのように、特攻隊員を軍神に祭り上げることも軍国政府のカラクリにすぎなかったのである。特攻隊員たちは本来軍神ではなく、終戦後復員したあとの犯罪ぶりこそ、そのカラクリを脱いだ後の本来の姿であった。安吾は、むしろその本来の姿を称賛しているのである。

『白痴』における白痴の女の原始のままの姿と、特攻隊員たちの戦後の姿とは、掟が存在しない社会のありのままのイメージという点で共通している。安吾が白痴の女を描いたのも、特攻隊員を描いたのも、結局は天皇制に帰結させることができる。天皇のために死ぬという「お前たちの崇高な行為は、必ず天皇に伝える」などのフレーズのもと、若者たちは戦場に送り出された。特攻隊員、および無数の兵士の死は神格化された天皇から生まれたのだと言える。

『堕落論』、『続堕落論』の中で描かれたように、天皇制は所詮政治家たちが政治や国民をより便利にコントロールするための措置にすぎない。日本の歴史上、天皇が実際に権力を握っていた時間は僅かである。安吾の考えでは、昔の藤原家や将軍家が天皇を擁立していたのは、彼らにとって、その方が都合がよかったからである。

> 自分自らを神と称し絶対の尊厳を人民に要求することは不可能だ。だが、自分が天皇にぬかずくことによって天皇を神たらしめ、それを人民に押しつけることは可能なのである。[1]（『続堕落論』）

また、戦争中、未亡人の恋愛を書くことが禁じられたことについては、こう述べている。

> 戦争未亡人を挑発堕落させてはいけないという軍人政治家の魂胆で彼女

---

[1] 坂口安吾『坂口安吾全集04』筑摩書房、1998年5月20日、273頁。

達に使徒の余生を送らせようと欲していたのであろう。軍人達の悪徳に対する理解力は敏感であって、彼等は女心の変り易さを知らなかったわけではなく、知りすぎていたので、こういう禁止項目を案出に及んだまでであった。[1]（『堕落論』）

　天皇制も武士道もすべては、政治家たちの威厳を示し、権力を操る手段として作られた。天皇自身が知らないうちに天皇名義の命令が下される。兵士は、戦前に「天皇のために死ぬ」と言って戦場に向かったが、生き残って帰ってきた人は闇屋となったり、犯罪を犯したりした。未亡人は、泣いて夫を戦場に送り出したが、半年後また恋人を作ったりした。人間には欲望がある。闇屋となった帰還戦士には、罪を犯す欲望がある。新しい恋人を作った未亡人にも肉欲がある。それは、彼らの本来の姿であり、本来の人性である。しかし、人間が作り上げた制度は、人間本来の欲望を抑え、非人間的、反人性的なものである。安吾は、人間の本性をねじ曲げた「掟」を強く批判した。そういった「掟」によって「人間の、人性の、正しい姿を失った」（エッセイ『続堕落論』）のである。「今日の社会の秩序には、多くの不合理があり、蒙昧があり、正しい向上をはばむものがあるのではないか」（エッセイ『戦争論』1948年10月）とまで述べている。

　安吾の考えでは、日本が「十五年戦争」で暴走したのは、天皇制と深くかかわっているため、天皇制というこの政治家によって作ったカラクリ・策術を破らなければならなかった。戦時下、皇国の道徳が錬成され、天皇は「現人神」として君臨していた。戦後になると、天皇は保留することになり、安吾はそこに「再び昔日の欺瞞の国へ逆戻りする」（『続堕落論』）可能性を見たため、天皇制に強く反対したのである。安吾は次のように述べている。

　<u>天皇制が存続し、かかる歴史的カラクリが日本の観念にからみ残って作用する限り、日本に人間の、人性の正しい開花はのぞむことができないのだ。人間の正しい光は永遠にとざされ、真の人間的幸福も、人間的苦悩も、</u>

---

[1] 坂口安吾『坂口安吾全集04』筑摩書房、1998年5月20日、52～53頁。

すべて人間の真実なる姿は日本を訪れる時がないだろう。私は日本は堕落せよと叫んでいるが、実際の意味はあべこべであり、現在の日本が、そして日本的思考が、現に大いなる堕落に沈淪しているのであって、我々はかかる封建遺性のカラクリにみちた「健全なる道義」から転落し、裸となって真実の大地へ降り立たなければならない。我々は「健全なる道義」から堕落することによって、真実の人間へ復帰しなければならない。[1]（『続堕落論』）

しかし、「『堕落論』の標的は、政治制度としての天皇制ではむろんなく、制度に安住し制度を再生産する人間の意識を標的にしたのである」[2]と林淑美が評している。安吾にとって、たとえば天皇制がなくなっても、「裸となって真実の大地へ降り立たなければ」（『続堕落論』）、また別のカラクリが作り出されるため、堕落を通じて「真実の人間」、あるいはカラクリを作らない状態にまで堕落する必要がある。そして、有形のもの、無形の価値観・道徳などすべてを破壊できる大空襲がその絶好の条件を作ってくれたのである。

白痴の女に対する伊沢の心理的変化は、大空襲という壊滅に直面した際の、「明日の希望」を追い求めるための心理的変化でもある。「偉大な戦争」の破壊を通してしか人間が本性に戻ることはないため、「明日の希望」は、戦後というその極限の状況でしか見つけることができない。安吾が『白痴』を創作した理由は、終戦直後の廃頽に直面した人々に生き残り、また立ち直る勇気を与えたかったためであろう。

2　『外套と青空』における「家制度」否定

『外套と青空』は、1946年7月、『中央公論』に発表された短篇小説であり、

---

[1] 坂口安吾『坂口安吾全集 04』筑摩書房、1998年5月20日、274頁。

[2] 林淑美「坂口安吾と戸坂潤―「堕落論」と「道徳論」との間―」『文学』3 (2)、岩波書店、2002年3、4月号、215頁。

1946年から1947年までの間に安吾が描いた一連の肉体小説の中で、あまり研究されていない作品である。

作品は、「肉欲の餓鬼」であるキミ子とその愛人である太平との関係を中心に、キミ子と7人の愛人たちの放蕩な生活が描かれている。キミ子と太平の関係は、太平のキミ子への感情の変化を主線としている。太平のキミ子への感情は、「キミ子の魅力に惹かれるところは少かつた」から、「キミ子の肉体を失うことが、これほどの虚しい苦痛であることを、どうして予期し得なかつたであらうか」に変質した。

最初、太平はキミ子に対して二つの面から「品定め」していた。一つ目は、キミ子は「十人並よりは美人であるが、特に目を惹く美しさではない」こと。二つ目は、キミ子は「教養は粗雑」で、精神的な魅力がないことであった。二つ目の評価は、太平にとってのキミ子が「低い女」に成り下がったことを意味していた。当初、太平は、キミ子の愛人たちがキミ子に惹かれることを不思議に思っていた。

しかし、最終的に太平もキミ子のほかの愛人のようにキミ子の肉体に惹かれていく。太平とキミ子のほかの愛人とは、キミ子に惹かれるというより、情欲的にのみ生きるキミ子のとりこになったと言ったほうが適切であろう。なぜなら太平がキミ子への愛情を否定しているからである。

> 太平はこの動物的な女の情欲の疲労の底から人間の価値が計量せられていることに全身的な反抗を覚えていたが、それがキミ子への愛情を本質的に否定しているものであるのを意識せずにいられなかつた。二人はもはや愛撫の時も鬼の目と鬼の目だけで見合うことしかできなかった。[1]

太平は肉慾以外のあらゆるキミ子を否定し軽蔑しきっていた。ひときれの純情も、ひときれの人格も認めておらず、憂愁や哀鬱のベールによって

---

[1] 坂口安吾『坂口安吾全集04』筑摩書房、1998年5月、94頁。

二人のつながりを包み飾ってみるといふこともない。ただ肉慾の餓鬼であった。[1]

　太平とキミ子の感情は二人の関係が進むにつれて深くなるのと反対に、「二人をつなぐ魂の糸はもはや一つも見当らず」、「陰鬱な狂った情慾があるだけだった」という方向に発展した。太平はキミ子の肉体の魅力の発見によって、自分の肉体を発見した。太平のキミ子への感情の変化は、同時に自分の肉体の発見の過程と言える。肉体の発見を戦後解放の象徴とする点では、『白痴』や『青鬼の褌を洗う女』などと共通している。ただ、『外套と青空』が他の作品と違うところは、時代背景を戦時下と限定したことと、キミ子が人妻として登場することである。「家庭」という設定は安吾の特別な考慮がなされている可能性がある。

　日中戦争開戦後の 1938 年 4 月に国家総動員法が公布される。その結果、戦争が進むにつれ、男性だけでなく、女性の動員もせざるをえなくなる。その中で「家制度」が強調され、男は戦場、女は銃後という性別分業がなされた。「家制度」を強調するために女性の道徳規範は厳しく制限されたが、『外套と青空』におけるキミ子の淫乱な生活はそれと反対のものである。筆者は、国家の要求とキミ子の行動との鮮明な対照は当時において重要な意味があると考えるが、この作品に関する研究は私観の限りまだなされていない。

一、時代設定

　『外套と青空』の中では物語の時代背景について明記されていないが、九・一八事変後の 1932 年代から 1945 年までの間の物語だと判断できる。

　まず、作品で言及されている移民問題についてである。日露戦争（1904 年）後、日本は中国の東北地方において、大連・旅順の租借化および中国の東北地方の鉄道沿線の権益を得たことと、1915 年に中国との間に「対支二十一ヵ条」を締結したことによって、中国の東北地方における権益を大幅に増大させていた。しかし、中国国民の抵抗と日本国内の移民反対派の運動により、「満州移民」

---

[1] 坂口安吾『坂口安吾全集 04』筑摩書房、1998 年 5 月、102 頁。

の実現は事実上困難であった。

　1931年の九・一八事変後、日本軍は中国の東北地方の主要都市を占領する。そして1932年3月に「満州国」を打ち立てたことにより、中国の東北地方は日本の植民地となった。日本人が日本の内地から「満州」へ自由に行けるようになり、国内の「満州移民」反対派も説得され、「満州ブーム」は一世を風靡する。日本政府は「満州開拓」のために移民を送る計画を立てた。

　　満洲国が徐々に完成してくると、国内資源の動員、社会の包括的な動員が強化された。満洲事変のあいだ、満蒙問題は閣僚のみならず地方の政党政治家の心も占めた。商工会議所や労働組合はともに満蒙開発への分け前を求めて、熱心にロビー活動を行った。小作人も地主も、男も女も子供も区別なく、帝国建設に情熱をそそいだ。上から下へ、下から上へと、帝国の機関を通じて社会のすべての構成員が満洲国のプロジェクトへ動員された。[1]

　このような政治情勢の影響で大勢の日本人が中国の東北地方に渡った。「昭和五年ごろの満州（関東州＝大連・旅順地区をふくむ）の日本人は約二〇万といわれたが、昭和二十年（一九四五年）八月十五日の日本敗戦の時期に満州にいた日本人の総数は一五五万人といわれ」[2]た。この数字から九・一八事変後から終戦時、「満州移民」が大幅に増加したことが分かる。

　『外套と青空』の女主人公であるキミ子は愛人の太平に怒った時、こう言っている。

　　もうあなたには会いたくないわ。私の目のとどかないところ、満洲へでも行ってしまってちょうだいよ。[3]

---

[1]　L・ヤング著、加藤陽子ら訳『総動員帝国』岩波書店、2001年2月、14頁。

[2]　桑島節郎『満州武装移民』教育社、1979年5月、13頁。

[3]　坂口安吾『坂口安吾全集04』筑摩書房、1998年5月、94頁。

日露戦争後、日本はすでに移民を始めたが、規模を考えると、実際はキミ子が口にするほど多くの「満州移民」が存在したとは思われない。キミ子があまり考えずに出任せに「満洲」を口に出したのは、おそらく当時「満州国」が話題になっていたためではなかろうか。だとしたら、作品の時代背景は1932年から1945年の間ではないかと判断するのが妥当であろう。

二、家父長の不在

　『外套と青空』は、確かに人妻のキミ子と愛人太平の関係を主線として、肉欲的な生活を通じて戦後の解放を象徴しているが、「戦時下」と「家庭」という二つの要素を物語に組み込むことには、おそらく安吾の、戦時下に書けなかったことを戦後になって表象しようとする意向があったからではないかと考えられる。本論は、キミ子と太平の関係、あるいはキミ子と庄吉の関係ではなく、作品における「戦時下」と「家庭」による組み合わせの意味を明らかにすることを目的とする。

　作品の中で、キミ子は、庄吉の妻として登場するが、夫庄吉以外に7人の愛人を持っている。キミ子は夫の庄吉のことを気にせずに愛人たちと肉欲的生活を貪り、「肉欲の餓鬼」として描かれている。庄吉は、妻のために愛人を見つける不可解な人物である。庄吉は、遊び好きのキミ子のために家までキミ子の愛人を誘ったりする寛大な態度を示した。

　夫として自ら妻の愛人を探すことと、妻が愛人と長期間「駆け落ち」の形で遊ぶことへの落ち着き方は、一般の常識から外れ、違和感がある。キミ子が愛人たちと集って遊ぶ時、夫の庄吉は相容れない存在として描かれている。

　　庄吉の田舎訛の大きな声はこの部屋の最大の騒音であつたけれども、少しく注意して眺める人なら、実は彼のみが唯一の異国の旅行者で、この席の雰囲気からハミ出していることに気づくはずだ。一座の中心はキミ子である。[1]

---

[1]　坂口安吾『坂口安吾全集04』筑摩書房、1998年5月、89頁。

なぜ庄吉がキミ子および彼女の愛人たちと遊びの場で「ハミ出している」のか。作品の中で、キミ子の他の７人の愛人は、キミ子のために焼きもちを焼いたり争ったりするが、庄吉だけは嫉妬しない。「異国の旅行者」、「ハミ出している」存在とは、女のために嫉妬し合う世界から排除された存在である。また、庄吉は、キミ子が愛人たちと遊びまわる世界の参加者ではなく、その企画者だということも理解できる。夫であるにも関わらず、キミ子と愛人との関係に嫉妬や不満などを示さないことは、庄吉には夫としての覚悟がないということになる。

　また、庄吉は、銀座の碁席で自ら落合太平に近づき、家まで招待し、やがて太平はキミ子の愛人になっている。五十過ぎの立派な紳士である庄吉が売れない三文文士の太平に近づくのは不思議であるが、太平はこのことについて次のように考えている。

> たぶん庄吉は愛人なしにいられないキミ子の性情を知っていて、好ましくない男達の玩具になるより、自分の好む男と遊んでくれることを欲するために太平を選んだのであらうと考へてみたりするのであつた。[1]

　庄吉の「威厳がこもっていた」イメージは、肉体に生きるキミ子に対する寛大な態度とは違和感が生じるのみならず、娼婦型のキミ子はまるで庄吉によって作り上げられた感じさえする。家父長システム下の家長は、家という集団の統一とそれを存続させるための義務、および国家に貢献する義務がある。淫乱の妻を教育する代わりに、その淫蕩を助長する夫は、家父長制下においては裏切り者である。

　明治時代以来、「家制度」は天皇を中心とする政治の基盤として、天皇制国家を支えていた。各家は家父長たる戸主のもとで家の構成員・分家を管理すると同時に、天皇家の分家として天皇制国家の基礎単位とし、戸主の権威は家族国家の頂点に立つ天皇の権威と繋がっていた。軍国政府は「国体の本義」にお

---

[1] 坂口安吾『坂口安吾全集04』筑摩書房、1998年5月、95頁。

いて、国民の「孝」と「忠」を決め、「忠孝一体」の理論の元で国民を統合しようとした。

　天皇に忠を尽くし奉ることは、即ち国を愛し国の隆盛を図ることに外ならぬ。忠君なくして愛国はなく、愛国なくして忠君はない。あらゆる愛国は、常に忠君の至情によって貫かれ、すべての忠君は常に愛国の熱誠を伴っている。[1]

　我が国の孝は、人倫自然の関係を更に高めて、よく国体に合致するところに真の特色が存する。我が国は一大家族国家であって、皇室は臣民の宗家にましまし、国家生活の中心であらせられる。臣民は祖先に対する敬慕の情を以て、宗家たる皇室を崇敬し奉り、天皇は臣民を赤子として愛しみ給うのである。（中略）国即ち家の意味を現している。[2]

　かく忠孝一本の道によって臣民が尽くす心は、天皇の御仁慈の大御心となって君民相和の実が挙げられ、我が国の無限の発展の根本の力となる。[3]

このように、「孝」は私的世界の原理として、「忠」は公的世界の原理として定められた。そして、私的世界の徳目である孝が、公的世界の徳目である忠に従属することによって、「家」は国家に統合された。このような国家に統合された家において、結婚は個人の幸福より天皇に忠孝を尽くす集団として機能し、そうした役割のほうが強調される。しかし、『外套と青空』の中の庄吉とキミ子の家は、家族制度の統合原理によって統合されているわけではない。家族制度が生活の規範であった日本では、婚姻は男女の結合というより、家と家との縁組として、家が存続するために結ばれるものであった。身分違いの結婚が家名を傷つける行為であるという環境の中、芸者あがりのキミ子と結婚する

---

[1] 『国体の本義』文部省、1937年、38頁。

[2] 同上、46〜47頁。

[3] 同上、49頁。

ことは、庄吉の「家制度」下の婚姻制度への反抗と理解することができる。夫として妻の淫乱を容認してその淫蕩性を養成することは、庄吉の伝統的な家の中での夫の役割への否定、家族制度下の夫婦関係への冒涜である。

太平洋戦争開戦以来、人的資源がますます不足していた中、庄吉とキミ子による統合されない淫蕩的な家は、根源的に本来天皇に忠義を全うすべき「家」と相反するものである。天皇への忠義と無縁の「家」、身分違いの結婚という組み合わせで庄吉とキミ子の家は家制度を基盤とする天皇制国家を裏切っていることになる。

三、「母性」の欠如

二十世紀初頭、女は「家」を守るべしという教育が貫かれた。1932年に行われた女子教育に関する答申の中では、教育改善方針を以下のように述べている。

> 高等女学校においては教育勅語の趣旨を体得させ国体の観念を強固にし、淑徳節操を重んじ、家族制度に適する素養を与えること。実際生活に適切な知識・能力の養成に努め、経済・衛生の思想を涵養し、家事の基礎としての理科の教授にいっそう重きを置くこと。（略）[1]

女性は、良妻賢母主義教育を受け、妻・母としての役割を通して天皇制国家に貢献することが要求された。『外套と青空』を見ると、性的に乱れているキミ子は、天皇制国家の要求から完全に外れた存在である。

「基地では一人の女を五人六人で情婦にする」（『決闘』1947年11月）と安吾は書いている。『外套と青空』において、7人の愛人を持つキミ子は、言い換えれば、その7人の情婦とも言える。すなわちキミ子は、『決闘』における特攻隊員たちの共同情婦と相通するイメージを持つのである。戦時下、戦場における兵士の士気は銃後の女の貞操と関わっているという考えから女の婦徳

---

[1] 文部省『学制百年史』帝国地方行政学会、1972年10月、472頁。

が国家によって求められた。軍国政府は、戦場の兵士の士気に悪影響を与えないように銃後の女の性を閉じ込めようとしたが、キミ子は反対の方向に行動した。

前述したように、作品の時代背景は九・一八事変後の 1932 年から 1945 年までの間である。15 年戦争開始以来、大量に消費された「物的資源」、「人的資源」を最も効率的に補給するため、女は「銃後の女」として総動員体制下に組み込まれた。九・一八事変後の 1932 年 3 月、大日本国防婦人会が発足し、太平洋戦争開始後の 1942 年 2 月には大日本聯合婦人会が成立した。婦人会は「女性」より「母性」の立場に集約されたものである。太平洋戦争の進展に従い、「軍国の母」の地位と精神が強調された。鹿野政直は、「母性」の強調は以下の四つの意味を持っていたと述べる。

> （一）は、いうまでもなく国家に役だつ子供を育てる存在としての「母性」である。[1]
> （二）は、男たちが応召したあと、多くの場合、主婦であり嫁であり母である女たちが、「家」の祭事や労働において男たちを代行しなければならなかったことに起因している。[2]
> （三）は、「家」の亡びの予感にともなう「妻」の立場の、「嫁」から「母」への移行としての「母」の強調である。[3]
> （四）は、「未亡人」となった場合に彼女たちの性を閉じこめる装置としての「母性」の強調である。[4]

戦時下、大量に消耗された「人的資源」である兵士を生産する機能を持つ点で女性は軍国国家にとって重要な役割を果たした。「軍国の母」として重要な役割の一つは、生む性である。1940 年に厚生省が実施した表彰制度「優良多子

---

[1] 鹿野政直『戦前・「家」の思想』創文社、1983 年 4 月、192 頁。

[2] 同上、193 頁。

[3] 同上、194 頁。

[4] 同上、195 頁。

家庭の表彰に就て」の中では、その趣旨を以下のように述べている。

> 多子を儲け且つ之を克く育成することが唯単に差当っての時局の急需に副う所以であるのみならず永遠に発展すべき我が国家並に民族の表徴として誠に一般の亀鑑となすに足るものであることを示し、茲に「仍テ是等ノ家庭ヲ表彰シ以テ児童愛護精神ノ昂揚ヲ図リ家族制度ノ確保ト国運ノ隆昌ニ資セントス」と結んだことは是等の家庭を表彰すると同時に益々国家の隆盛を致さんとする国家及民族の要請乃至動向を現したものであって[1]
> （略）

また、1941年に閣議決定された「人口政策確立要綱」の中で、その趣旨と方策が作成された。

> 第一　趣旨
> 東亜共栄圏を建設して其の悠久にして健全なる発展を図るは皇国の使命なり、之が達成の為には人口政策を確立して我国人口の急激にして且つ永続的なる発展増殖と其の資質の飛躍的なる向上とを図ると共に東亜に於ける指導力を確保する為其の配置を適正にすること特に喫緊の要務なり（中略）
> 第四　人口増加の方策
> 　（中略）出生の増加は今後の十年間に婚姻年齢を現在に比し概ね三年早むると共に一夫婦の出生数平均五児に達することを目標として計画す[2]

家の永続は、国家的にも民族的にも必要だと考えられ、重んじられた。戦時下においては、子孫を残すことの重要性がそれまで以上に強調されていた。

---

[1] 厚生省社会局「人口政策確立要綱」、一番ヶ瀬康子（編集・解説）『日本婦人問題資料集成　第六巻＝保健・福祉』1979年11月、154頁。

[2] 同上、166頁。

1942年になると、厚生省は結婚十訓として「産めよ育てよ国の為」[1]などを提唱するようになった。体制側が実施したこの表彰制度は戦時下の当面の急務であり、家族制度を確保するための重要な手段でもあった。

　しかし、作品の中でキミ子が子供を出産した形跡は一切なく、おそらくキミ子は母ではないだろう。新しい生命を創造したことがないどころか、むしろキミ子は命を殺す存在である。キミ子は太平に二回情死することを訴えている。また、舟木と熱海に行った時、不確かでありながら情死する可能性もあった。作品の中で二人についてはこのように描かれた。

　　それから間もなく舟木とキミ子は実際に行方をくらました。二人が服毒自殺をして、二人ながら命はとりとめたといふ新聞記事を見出したのは幾日かの後であつた。[2]

　愛人に死を誘う点では、キミ子は死をもたらす化身であり、生む性とは相対するものである。優良多産が提唱されていた当時において、キミ子が子を産まないことの意味は大きかった。「肉欲以外のあらゆる」面において、キミ子が否定されたということは、肉欲だけがキミ子の価値であるということになる。これでは、子を産んで育てることを妻の価値とする戦時体制とは相反する立場となってしまう。

　キミ子は、男たちとの遊びの日々を過ごし、家において「家事」をする場面が一度もなく、公的労働への参加も描かれていない。キミ子は、自分が勤労でないだけでなく、7人の愛人に纏わりつき、結局7人とも勤労から離れていく。労働力不足を補うために女性まで動員している中、愛人と遊びまわるキミ子は「非国民」を象徴する。作品の中には庄吉という「異国の旅行者」以外に、女性も、男性も労働している人はおらず、これは総動員体制から外れていることになる。

　国家に統合された家は、親子の関係を主軸とするものである。キミ子は「良

---

[1] 大政翼賛会文化部編『母性の保護』翼賛図書刊行会、1942年、25頁。
[2] 坂口安吾『坂口安吾全集04』筑摩書房、1998年5月、99頁。

妻賢母」になれないことで、子と夫の出征を励ます戦時下の体制側が欲していた家庭関係から離脱することに成功した。キミ子は、あえて庄吉と結婚し、またあえて家庭の内部から家庭関係を破ることで体制への反抗に成功したのである。道徳規範としての「軍国の母」像を、キミ子はあえて守らないことで、戦時対策としての国策を峻拒していたことを意味する。

　安吾は同時代に娼婦や妾を主人公とする小説群を他にも描いた。『青鬼の褌を洗う女』（1947年10月）のサチ子は妾であり、多数の男と性的関係を結んでいる。『戦争と一人の女』（1946年10月）の「女」も娼妓あがりの妾である。彼女らとキミ子の共通点は、多数の男と肉欲的な生活をせずにはいられないことと、『欲望について』のマノンのような「彼女には家庭とか貞操といふ観念がない。それを守ることが美徳であり、それを破ることが罪悪だといふ観念がない」[1]ところである。しかし、サチ子と「女」は妾として登場するのに対し、キミ子は妻として描かれている。ここでは、キミ子の一家の女主人としての特殊性が見られる。

　林淑美は『青鬼の褌を洗う女』の主人公であるサチ子を反家庭の表象とし、「サチ子が戦後『オメカケ』になるのは、安吾の反〈家庭〉論によるもの」であるが、サチ子が拒んでいるのは「権力に絡めとられた『家庭』でもあった」[2]と論じている。『外套と青空』のキミ子は家庭を拒むのではなく、むしろ逆に自ら家庭を組み立て、内部から家庭を壊そうとした。

　『外套と青空』の中で、夫である庄吉が家制度を壊すイメージが付与されているが、やはり肉欲的にのみ生きるキミ子の妻としての意味のほうが大きかった。戦時下、天皇を中心とする家族制度イデオロギーが女性の役割を強調することで、女性たちを縛っていたことを、安吾は見逃さなかった。

> 戦争における家族関係は、日中戦争から太平洋戦争にいたる八年間を、母→妻→母の関係軸においてみることができる。まずそれは出征を励ます

---

[1] 坂口安吾『坂口安吾全集04』筑摩書房、1998年5月、139頁。

[2] 林淑美「安吾の反家庭論―二つの「堕落論」の間―あるいは「青鬼の褌を洗ふ女」続論として―」『坂口安吾研究』第2号、2016年3月、73頁。

母として登場する。母の名を呼んで死んでいく若者との照応関係として。つぎに、応召者の年齢が高まるにつれて、その役割は妻にも与えられる。この時、死すべき父と子の関係、すなわち靖国の遺児も壇に登る。そして決して決戦期、少年をも戦争にかりたてるために、母が子の養育者として再登場する。動員の様相にしたがい、母と妻が役割を移動させながら登場するのである。[1]

このように十五年戦争下、男たちが大量に出征した状況下では、「妻」兼「母」の女性が「家」を表象することが可能であった。「家」を表象する女性が「家」から外れれば、「家」が成り立たなくなり、崩壊してしまう。女性の役割が強調されればされるほど、『外套と青空』の重心を妻としてのキミ子の淫蕩性に置く重要性、つまり、家の崩壊という意味が目立つようになる。

安吾は、戦時下の時点ですでに、国民が自ら家制度のルールに従うことで天皇制国家に貢献しようとしているわけではないことを知っていた。『外套と青空』における家制度を家の内部から壊す構想は、安吾の戦時下の家制度の否定の表象にすぎない。家制度を否定することで天皇制国家をも否定してしまう。それはまた天皇の名の下で行った戦争への否定にもなる。戦後、アメリカが主導した一連の民主改革により、戦時下の家制度は実際に崩壊していった。『外套と青空』の意味は、戦時下の家制度の脆さと戦後の民主改革による家制度の崩壊の接合にあると考えられる。

3 『女体』における肉体の敗北が意味するもの

『女体』は安吾が1946年9月、『文藝春秋』に発表した短編小説であり、翌年1月の『恋をしに行く』は、その後篇として『新潮』にて発表された。生来病弱の夫谷村は自分の弱さと妻素子の健康との鮮明な対照から悔しさ、恥じ、嫉妬、無力感を感じるが、結局、そのどうしようもない弱さから逃げることし

---

[1] 藤井忠俊『国防婦人会』岩波新書、1985年4月、168頁。

かできなかった。

　この作品に関する研究はほぼ皆無で、私見の限りでは花田俊典の研究しかない。花田は、『白痴』、『女体』、『恋をしに行く』における女性像の変化、関連性について検討した。

> 「白痴」の次なる作品として取り組んだ「女体」において、安吾は当初、素子に「献身」性を付与しておきながら、けっきょくそれを生かしきれずに素子を白痴の女と同様の<u>「貪婪な情欲」のみの存在</u>としてしまった。それがいま、「女体」から四ヶ月後に発表された「恋をしに行く」に至って、一個の女体を、たとえ特殊な事例で、しかも「幻想」の産物であったかも知れないにしろ、ともかく「爽か」なものとして捉えたのである。[1]

　花田が言う『女体』の主人公素子が、「白痴の女」と同様な情欲のみの存在であるという点、及び『恋をしに行く』における女主人公信子のイメージが「爽か」なものであるという点には賛同しかねる。筆者は、『女体』と『恋をしに行く』の女性像に関連性があったとしても、これら三作品における女体の存在意義は異なるものだと考えている。「白痴の女」は、「貪婪な情欲」のみの存在でいられることで、安吾が言う「ふるさとの住人」になり得たわけで、これはまた安吾の「明日の希望」と繋がってくる。しかし、『女体』の素子と『恋をしに行く』の信子は、むしろ男主人公の谷村を相対化させるために存在している。素子は情欲のみの存在でもなく、信子も爽やかなものではない。二人とも情欲の存在ではあるが、素子から信子までの女体の変化には谷村の心理的な変容が表れており、谷村が素子の情欲から逃れるために情欲の信子の虜になることは、谷村の最終的な悲劇を示唆している。

　筆者は、谷村の内部における素子との勝負による敗北は、戦後初期日本の社会の縮図の一つであると考えている。以下、作品がどのように戦後社会を表象するのか、本論では『女体』を中心に分析していきたい。

---

[1] 花田俊典「〈健康な肉体〉の発見—坂口安吾「女体」から「恋をしに行く」へ」『語文研究』52.53号、九州大学国語国文学、1982年6月、166頁。

一、占領によるトラウマ

1、肉体的な敗北

『女体』全篇は脆弱な谷村が頗る健康な素子に対する恥じ、もがき、嫉妬を描いていると言える。作品の中で、主人公である谷村は、外の男性登場人物である岡本と仁科に嫉妬をしている。岡本は「名声も衰へ生活的に谷村にたよることも多かつた」。谷村はこのような岡本に敵意を持つ。作品は「岡本は谷村夫妻の絵の先生であつた。元々素行のおさまらぬ人ではあつたが、年と共に放埓はつのる一方で、五十をすぎて狂態であつた」[1]という岡本の訪問から始まり、しかも、最初の三つの段落は全て岡本のことを描いている。このような展開法は、作品が岡本を中心に描かれるような錯覚を感じさせるが、物語が展開していくと、岡本を主人公とする方向には発展しないことが判明する。谷村夫妻の世話を受けていた岡本が彼らに頼ると、それはしばしば谷村夫妻の口喧嘩の火元となった。谷村が岡本をやりこめてしまったことで、素子は谷村にやりかえしている。素子のやり返しに対し、谷村は肉体的な反感を持っていた。

　　谷村はこのような奥歯に物のはさまった言い方に、<u>肉体的な反感</u>をもつ性癖だった。人に与える不快の効果を最大限に強めるための術策で、意地悪と残酷以外の何物でもない。素子はそれを愛情の表現と不可分に使用した。それも亦、<u>一種の肉体の声</u>だった。[2]（『女体』）

おそらく谷村の岡本に対する嫉妬は、妻の性欲さえ満たせない脆弱な肉体から来たものであろう。岡本には隠し女、隠し子がいたり、女子弟子を口説いたりと、女関係が多かった。これが谷村を刺激したのであろうか。

また、作品の中のもう一人の男性人物である仁科に対して、「谷村は常に仁科をやりこめる。その作品を嘲笑する。みじめな思いをさせている。そして怒

---

[1] 坂口安吾『坂口安吾全集 04』筑摩書房、1998 年 5 月、120 頁。

[2] 同上、121 ～ 122 頁。

らせて悦に入っている」とある。仁科は谷村より 10 歳年下であるが、なぜ谷村は年下の若者に対しても岡本と同じように「いじめ」ようとしたのであろうか。それは岡本も仁科も、ともに素子に媚びようとしたという態度に由来したものである。

> 仁科の媚態は、谷村の毒舌の結果の如くであつたから、谷村は多くのことを思はずに過してきたのである。岡本の媚態を見るに及んで、谷村には思い当ることがあつた。
> 仁科の媚態は岡本の如く卑しくはなかつた。仁科は弱点をさらけだしてはいなかつた。身を投げだしてはいなかつた。元来素子と仁科には十歳以上年齢のひらきがあるから、媚びることに一応の自然さがあつたのである。
> 精神的に遅鈍な仁科は本来肉感的な男であつた。彼の態度のあらゆるところに遅鈍な肉感が溢れていたから、特に一部をとりあげて注意を払ってみることを谷村は気付かずにいた。仁科の媚態にも、岡本と同じものがあつた。それは素子の肉体に話しかけていることだ。[1]（『女体』）

岡本と仁科は年齢が違うが、素子の肉体に対する関心という点で共通しており、しかも、それは病弱の谷村には勝てないものである。谷村は「病気が肉体の一部である」と感じ、人並みに仕事ができないだけでなく、素子と結ばれた時、死を感じていた。

> 夜の遊びに、素子は遊びに専念する無反省な娘のように、全身的で、没我的であつた。素子の貪慾をみたし得るものは谷村の「すべて」であつた。
> （略）
> 谷村は人並の労働の五分の一にも堪へ得ないわが痩せた肉体に就て考へる。その肉体が一人の女の健康な愛慾をみたし得ていることの不思議さに就て考へる。あはれとはこのようなものであらうと谷村は思った。たとへば、自ら徐々に燃えつつある蝋燭はやがてその火の消えるとき自ら絶える

---

[1] 坂口安吾『坂口安吾全集04』筑摩書房、1998 年 5 月、136〜137 頁。

のであるが、谷村の生命の火も徐々に燃え、素子の貪りなつかしむ愛撫のうちに、やがて自ら絶えるときが訪れる。[1]（『女体』）

しかし、岡本と仁科は谷村と違い、二人とも人並みに健康な肉体を持つと同時に、谷村がまだ生きている間にも関わらず、素子に対して肉体的な幻想を持っている。結局、岡本と仁科への嫉妬および素子の肉欲を満たすための疲労で、谷村は肉体的な恋を捨てるに至った。『女体』の中で谷村の「俺は恋がしてみたい。肉体というものを忘れて、ただ魂だけの」と述べているが、この思いは、谷村の敗北宣言とも言える。自分のどうしようもない肉体的な弱さに敗北したと言える。そして、後篇である『恋をしに行く』は、魂だけの恋のために主人公の信子を口説くことを中心に展開されていく。信子を口説き、信子との恋を通じて肉体のない恋をするのは谷村の「逃亡」であるが、このように逃げを選択した谷村は、おそらく、戦後日本のアメリカに対するコンプレックスを表象しているのであろう。

2、アメリカへのコンプレックス

谷村は肉体的な脆弱から感じた敗北で、結局肉体から逃避しようとした。ここで肉体的に苦悶した谷村には、「去勢」された男のイメージが与えられている。1945年8月15日、天皇の「終戦の詔」に従い、15年間続いた戦争は日本の敗北で終わった。そして、日本はアメリカが主導する連合軍に占領されたのである。占領によって、日本人は日本人としての誇りを剥奪された。

> 占領とは、領土の占領であると同時に〈女の占領〉でもある。国力なるものが領土とともに人口によって支えられるかぎり、再生産を直接になう〈女の占領〉は敵国への決定的な打撃となる。それは象徴的な意味をもつ。勝者の男たちにとって、敗者の〈女の占領〉は勝利の確認でもあるのだ。だからこそ敗者の男たちにとって、勝者になびく自国の女は屈辱を再生産

---

[1] 坂口安吾『坂口安吾全集04』筑摩書房、1998年5月、123頁。

する耐え難い存在となる。[1]

　男性成員を主として構成された占領者集団にとって、勝利の確認は、領土への占領だけでなく、敗者の女への占領による部分も大きい。一方、敗者として敗北を確認するのは自国の女が占領された点に見られる。〈女の占領〉を象徴するものとして、「特殊慰安施設協会」および占領軍による大量の強姦事件が挙げられる。敗者としての日本人男性が、慰安施設の設立と強姦によって受けたショックから考えると、加納の指摘は合理的であろう。谷村の肉体的な敗北は、まさに占領による敗者の男性におけるコンプレックスの表象と考えられるだろう。

　日本政府は大和撫子の純潔を守るために占領軍対象の売春施設「特殊慰安施設協会」（RAA）を内務省警保局長名で設置することを決めた。この国策として出発したRAAは、1945年8月に設立され、1946年2月20日の公娼制度関係法規廃止に伴い、3月27日をもって閉鎖された。しかし、その影響は大きかった。

　　　最盛時には約七万人いたRAAも、閉鎖時には五万五千人。彼女たちは、
　　　RAA解散と共に、ある人は街娼に、ある人は赤線に、そしてある人は基地
　　　周辺のパンパンとよばれる売春婦に姿を変えていった。[2]

　公娼制度は廃止されたとは言え、事実上、「売春防止法」（1956年成立、1957年一部施行、1958年完全施行）の適用まで存続していた。つまり、特定の指定地域内部での売春は認められていたのである。それは合法的であり、その地域は「赤線地帯」と呼ばれた。それに対して、売春が許可されず、非合法的な地域は「青線地帯」と呼ばれた。「赤線地域で働く女性たちには性病検査費用や病気・入院・中絶費用を積み立てる互助組織、白菊会があった。」[3] し

---

[1] 加納実紀代『戦後史とジェンダー』インパクト出版会、2005年、122頁。
[2] 井上節子『占領軍慰安所―国家による売春施設―』新評論、1995年8月、34頁。
[3] 恵泉女学園大学平和文化研究所・編『占領と性―政策・実態・表象』インパクト出版、2007年5月、73頁。

かし、青線地域で働く女性はその待遇がなかったため、警視庁は定期的に「パンパン狩り」を実施し、検挙された女性に強制的に性病検査を受けさせた。1957年「売春防止法」の施行に従い、青線は1957年に、赤線は1958年に廃止された。

　上述したRAAは無視しえない人数で支えられていた。これは、連合国軍のためだけに特別慰安を提供し、日本人の立ち入りは禁止されていた。慰安施設は、日本政府が占領軍という圧倒的優位にある男性集団に対抗するための産物である。一般女性を連合国軍の性的暴力から守るために作られたRAAには敗戦国の男性の姿が凝縮している。また、米軍上陸後、米軍による強姦事件は繰り返されたが、ほとんど不起訴で終わったことも、勝者と敗者の問題である。

> 日本男性が占領を屈辱と見なすのは、女性身体、ひいては彼ら自身のセクシュアリティへの統制力を喪失したからである。[1]

　『女体』における谷村の肉体的な恋への放棄は、自分のセクシュアリティへの統制力の喪失と理解してもいいだろう。谷村の病弱は、敗戦後の、占領軍という優位性にあった男性集団に対する無力感や劣勢性を表象する。
　また、竹内靖雄は、GHQに占領された日本の、過去の自己否定を「精神的去勢」と言っている。

> 敗れた日本は戦勝国の手に捕えられ、つまり占領下におかれ、過去の自分のあり方を全面的に否定されるという「精神的去勢」を施された。その結果、日本は罪の意識あるいは負い目、劣等感あるいは自信喪失、自己嫌悪あるいは自己の一部に対する自虐的攻撃、他者の声を自分の内部に聴いて行動しようとする分裂病的傾向等々、敗者に特有の態度を身につけるに至った。[2]

---

[1] マイク・モラスキー著・鈴木直子訳『占領の記憶／記憶の占領』青土社、2006年、255頁。
[2] 竹内靖雄『父性なき国家・日本の活路』PHP研究所、1981年2月、84頁。

谷村の敗北には「精神的去勢」が投影されている。GHQは日本が再び世界の脅威になることを防ぐために一連の改革を実施した。1945年12月8日から12月17日の間、GHQは日本軍の侵略戦争の残虐行為を記す「太平洋戦争史」を新聞に連載するように命じた。このことによって日本人に自らが劣悪な存在であることを自覚させたのである。そして、12月15日には、国家神道を全否定する指令を出した。これにより、日本人がこれまで信じてきた思想や精神は転覆された。すべての価値観が疑われ、「一億総懺悔」の中で、戦争に負けた日本人が精神的に受けた打撃は酷いものであった。続いて、1947年、日本はアメリカ主導の下で作られた「日本国憲法」を施行した。憲法第九条には戦争放棄が謳われていた。

『恋をしに行く』では、谷村が信子に媚びる様子が全篇に貫かれており、信子の優勢な立場は作品全篇を一貫している。谷村は信子を口説くとき、次のように述べている。

> 僕は信ちゃんに愛されたいといふことよりも、信ちゃんを愛したいのだ。信ちゃんが僕の絶対であるようになりたいのだ。そうする力が信ちゃんには有るような気がする。そして、信ちゃんがそうしてくれることを熱願するのだ。<u>信ちゃんが死ねといえば死ぬことができるように、とことんまで迷ひたい。</u>恋いこがれたい。信ちゃんのために、他の一切をすてて顧みない力が宿って欲しいのだ。僕はすこしムキになりすぎているようだ。つまり僕の心がムキでないから、ムキな言葉を使うのさ。僕は肉体力が弱すぎるから、燃えるような魂だけを感じたい。肉体よりも、もつと<u>強烈な主人が欲しい</u>[1]（『恋をしに行く』）

精神的な恋、精神的な主人を求めることで心を安堵させることは、敗戦後、天皇が神から人間になった際の、日本人の打ちひしがれた強い虚脱感を示唆する。

さらに、谷村は素子に対して葛藤を持っている。「一年に幾たびかある谷村

---

[1] 坂口安吾『坂口安吾全集04』筑摩書房、1998年5月、292頁。

の病気のときは、素子は数日の徹夜を厭はず看病に献身した」、「夜の遊びに、素子は遊びに専念する無反省な娘のように、全身的で、没我的であつた」とあるように素子は二面性を持っている。谷村にとって、献身的に看病してくれる「素子ほどいたはり深い親友はなかつた」と同時に、「谷村は呪いつつ素子の情欲に惹かれざるを得なかつた。憎みつつその魅力に惑うわが身を悲しと思った」。献身的な素子と情欲的な素子に対し、谷村は感動と憎しみを持ち合わせている。素子に対する谷村の言いようもない葛藤は、日本のアメリカへの葛藤を象徴するものである。

占領下において、アメリカは日本を軍事的・精神的に「去勢」したと同時に、日本を救ったのである。戦争末期から日本はすでに食糧問題が酷くなる一方であり、終戦前にはアメリカによる空襲で、日本の大都市は焼け野原の状態になっていた。物資難や食糧難の日本に食糧や物資を提供したアメリカは、さらに民主主義改革を行った。

憲法の「強制」性と国民の民主的改革への期待、アメリカに対するコンプレックス、畏怖と憧れは安吾の「女体」の中で谷村の素子に対する葛藤と化したのではなかろうか。谷村の岡村と仁科への嫉妬、素子に対する葛藤、肉体的な恋からの逃避は、戦後、日本人の去勢のトラウマを示唆している。ただし、『女体』の中ではアメリカのことに言及していない。これは安吾の遠慮であろう。しかし、作品の基底に置かれたのは、アメリカへの葛藤と言える。つまり、アメリカに対してコンプレックスを持つと同時に、アメリカによる占領がもたらした民主化に対する歓迎と感謝の気持ちである。その二つの勢力が主人公の中で戦っている姿は戦後日本人の表象となる。

二、女性に対する敗北感

安吾は終戦直後、「淫乱」な女性を主人公とする作品（『外套と青空』1946年7月、『女体』1946年9月、『戦争と一人の女』1946年10月、『続戦争と一人の女』1946年11月、『恋をしに行く』1947年1月、『私は海をだきしめていたい』1947年1月、『青鬼の褌を洗う女』1947年10月）を描いたほか、1947年1月には短編小説『道鏡』を発表した。『道鏡』は「日本史に女性時代

ともいうべき一時期があった」という文章から始められている。安吾は女性作家が主流となり、女流文学が栄えた平安時代を「女性時代」と名付ける向きに異を唱え、大化の改新後、皇室が実権を握るようになってからの、持統天皇から女帝が頻出した一時期こそ女性時代であると主張した。安吾はその理由として、平安時代は「愛慾がその本能から情操へ高められて遊ばれ、生活されていた」が、あくまでも平安時代の女性の本能の表れであるからだとした。

> 男女各々その処を得て、自由な心情を述べ歌ひ得た時代であり、歪められるところなく、人間の本然の姿がもとめられ、開発せられ、生活せられていただけのことなのである。<u>特に女性時代ということはできない。</u>[1]
> （『道鏡』）

それに対して、持統天皇の時代は幼少な皇子[2]から育てられ、天皇家を守るために女帝が相次ぎ即位したという事実がある。女帝たちには支配的権力があった。

> 女帝達の意志のうちに、日本の政治、日本の支配、いわば天皇家の勢力は遅滞なく進行していた。大宝、養老の律令がでた。風土記も、古事記も、書紀もあまれた。奈良の遷都も行はれた。貨幣も鋳造された。[3]（『道鏡』）

女帝たちの結実である聖武天皇までは「天皇家の日本支配は女帝によってその意志が持続せられ」[4]、そして聖武天皇を経て、女帝たちの意志はさらに女

---

[1] 坂口安吾『坂口安吾全集 04』筑摩書房、1998 年 5 月、337 頁。

[2] 天武天皇→草壁皇太子→文武天皇→聖武天皇の順番であったが、天武天皇が亡くなった後、後継者はみな幼少であった。草壁皇太子が幼少のため、皇太后が摂政となる。文武天皇が幼少だった際は、皇太后が即位して持統天皇となった。文武天皇が亡くなった時は、聖武天皇が幼少であったため、文武天皇の母と長女が相次ぎ即位して元明天皇と元正天皇となった。

[3] 坂口安吾『坂口安吾全集 04』筑摩書房、1998 年 5 月、340 頁。

[4] 同上、338 頁。

帝孝謙天皇に昇華される。これこそ安吾が言った「女性政治」、「女性時代」である。『女体』と『道鏡』の関係について、安楽良弘はこう評している。

> 「道鏡」が、ほぼ「女体」と並行する形で書かれたということは、当然「女体」の主題が「道鏡」の上にも投影されているとみなければならない。すなわち、「女体」には肉体と精神の葛藤がもたらすものとして、肉体のみを観念化しようとする思念があるが、それがそのまま「道鏡」にも投影されているのである。[1]

筆者は『女体』の主題が『道鏡』の上に投影されていることを肯定はするが、ただしその主題は、安吾の主張である女性が実権を握る時代という「女性時代」ではないかと考えている。

『女体』の中で、素子は谷村より一つ年下に過ぎなかったが、その夫婦生活から谷村は肉体の衰亡を感じた。

> 素子の皮膚はたるみを見せず、その光沢は失はれず、ねっちりと充実した肉感が冷めたくこもりすぎて感じられた。谷村はそれを意識するたびに、必ずわが身を対比する。痩せて、ひからびて、骨に皮をかぶせたような白々とした肉体を。その体内には、日毎の衰亡を感じることができるような悲しい心が棲んでいた。[2]

谷村の素子に対する肉体的な衰亡は、素子の前での精神的な衰亡、あるいは「死」を示唆する。作品の結末で谷村は魂だけの恋をしたいということになっているが、それは谷村が最終的に素子に敗北したからではなかろうか。続編『恋をしに行く』において、谷村が肉体のない恋を求めるためにしつこく信子に媚びたことも、その裏付けとなる。谷村は信子を口説く時、いつも一方的に長くしゃべっているが、告白されたことに対する信子からの反応はなかった。

---

[1] 安楽良弘「『道鏡』」『国文学　解釈と鑑賞』58（2）、1993年2月、118頁。
[2] 坂口安吾『坂口安吾全集04』筑摩書房、1998年5月、130頁。

「僕はね、恋を打ちあけに来たのだよ、信ちゃんに。恋といふものではないかも知れない。なぜなら、僕の胸は一向にときめいてもいないのだからさ。僕はね、景色に恋がしたいのだ。信ちゃんといふ美しい風景にね。僕は夢自体を生きたい。信ちゃんの言葉だの、信ちゃんの目だの、信ちゃんの心だの、そんなものをいっぱいにつめた袋みたいなものに、僕自身がなりたいのだ。袋ごと燃えてしまひたい。信ちゃん自身の袋の中に僕が入れてもらえるかどうか知らないけれども、僕は信ちゃんを追ひかけたいのだ。この恋は僕の信仰なのだ。僕が熱望していることは殉教したいといふことだ」
　　谷村は言葉が大袈裟になりすぎたので苦笑した。
　　信子は放心しているような様子なのである。目をつぶった。何もきいていないような顔でもあるし、うっとりしているようでもあつた。[1]（『恋をしに行く』）

　谷村の口説き方は彼の一方的な感情を押し付けた感じで、信子からの反応は薄い。『女体』も『恋をしに行く』も女性は上位にあり、男性は下位にあるというイメージである。この意味で、『女体』と『道鏡』は通じていると言える。
　なぜ1947年前後、安吾は女性が強権を振るっていた時代に引かれたのか。これは偶然ではなかろう。1947年に実施された新憲法第十四条第一項は「すべて国民は法の下に平等であって人種、信条、性別、社会的身分又は門地により政治的経済的又は社会的関係において差別されない」とある。「男女平等」がここで法律的に実現したのである。女性が解放され、選挙権さえ認められ、そして、1946年4月10日には選挙が実施された。投票権さえ取得した女性は、男性と同一レベルの人間となった。マッカーサーは戦後日本の男女平等を積極的に推進した。1946年6月20日午後、マッカーサーは、戦後初の衆議院選挙で当選した39名の婦人議員と非公式に会見した際、以下のように激励している。

---

[1] 坂口安吾『坂口安吾全集 04』筑摩書房、1998年5月、291頁。

日本の婦人は政界消息筋が最大限に下した予想をはるかに越えて政治、経済および社会的問題にたいする関心を増大させているが、これは民主主義的思想の強力な呼びかけと熱意によるものである。（中略）更に日本の婦人はこうしたこれまで以上の責任に応ずるため完全な能力をもっていることを既に明瞭に実証している。社会における婦人の力が漸進的ではあるが、確実に増大している事実は文明における一つの重大な流れである。[1]

　参政権だけでなく、民法改正によって家制度が廃止され（1947年12月）、教育基本法の制定によって男女平等教育が始まり（1947年3月）、労働基準法の施行によって男女同一賃金が原則となった（1947年4月）。ただし実際には、男女同一賃金の原則に従わずに、女性の待遇が男性より低いところも珍しいことではないが、法律として定められたのは大きな進歩である。このような新情勢の下、女性は政治権力、教育、社会などの各方面にわたって男性と同様な権利を法的に確保されたのである。

　女性の能力が認められ、女性の権利が法的に確保されることは、明治民法下に置かれていた男性にとって、女性への敗北を意味する。これは『女体』を代表とする安吾の作品において女性が男性より上位にある原因であると同時に、男性にとっての潜在的圧迫でもある。

　戦時下、日本に残っていた男性はともかく、男性成員の重要な一部である引揚者が社会に「溶け込む」ことは容易なことではなかった。1945年10月31日の『朝日新聞』（東京朝刊）に「復員者の声」という記事が載った。

　　　しかるに世間には自分たち復員者の優先的就職について論難する者がある。しかし自分たち復員軍人は一般離職者と違う。自分たちは数年間も国外の戦野に転々と戦って来た者である。銃後の人々と違って自分たちには現下の社会の情勢が全くわからないのである。戦前とは全く変わってしま

---

[1] 「婦人議員三十九名マ元帥を訪問」『読売報知新聞』1946年6月21日→市川房枝編集・解説『日本婦人問題資料集成　第二巻政治』ドメス出版、1981年11月、640頁。

った祖国に帰還して、ポツンと社会に放り出された自分たちは全く盲人も同様である。

　以上の記事の中で、復員後の生活が大変であった復員者に象徴されるように、終戦直後、「平和」な生活に慣れずに、生活困難であった男性はかなり多かった。男たちが意気消沈し、失望落胆していた時、女たちはいきいきとした生命力を発揮していたのである。『女体』の中で、谷村と岡本は生活手段がなく、谷村の場合は親から譲り受けた財産で生活しており、岡本の生活は谷村夫妻に頼るものであった。生活のために働いて稼ぐべき男が、『女体』においては「無能力者」になってしまったのである。このことは戦後の象徴の一つとして売春婦、パンパン・ガールを思い出させる。終戦後、「日本が、戦後最初に稼いだドルは売春によった」[1]ことは、『女体』の中の「無能力者」たちの姿を相対化する。その相対化されたイメージは、また田村泰次郎の『肉体の門』（1947年3月）を思い出させる。『肉体の門』は有楽町の廃墟を舞台に、自らの体を商売の道具として生きている街娼たちの物語である。作品の中で作者は彼女たちのことを「獣」と称する。

　　彼女たちは廃都の獣である。彼女たちは地下の洞窟で眠り、喰らい、野天でまじわる。そのまだ青い巴杏のような肉体は、なにものをも恐れない。むごたらしく、強い闘いの意慾だけがあふれている。[2]（『肉体の門』）

　「獣」としての女性と「獲物」としての男性の構図は、『女体』における元気な素子と貧弱な谷村、そして、肉体的に生きる女と無能力者な男の構図は、女性の「淫蕩」と女性が主導的な立場にあるという点において相似する。田村の『肉体の門』における「獣」について、塚田幸光は次のように指摘している。

　　「廃都の獣」とは、戦後の日本女性たちの「反逆」を暗示する。（中略）

---

[1] ドウス昌代『敗者の贈物』講談社、1979年7月、67頁。
[2] 田村泰次郎『田村泰次郎選集3』日本図書センター、2005年4月、31頁。

有楽町という「戦場」に巣くう獣たちに、反逆のアクションを託しているのは明らかだ。女性たちの反逆。それは、脆弱な日本／男を喰らう獣性の目覚めであり、かつての軍国主義批判であり、占領期という「現在」に対する呪詛である。[1]

過去の軍国主義への批判であろうと、占領期への呪詛であろうと、彼女たちは敗戦の副産物であると同時に、民主主義がもたらした「解放」の結果でもあろう。敗戦後に極度に自信を無くした世の中で、女性は男性以上に力強く戦後を生きようとしていたのである。

> 敗戦による旧秩序の崩壊は、如実に人々の生活に出ていた。古いモラルへの挑戦が、若者の、親への態度に表われる。女性にもかつてない強さが生まれている。夫を失ったり、戦地から帰らぬ留守を守って生きぬいていかねばならなかった女性たち。家族を抱えて、経済的な独立を強いられる。または新しい時代に飲まれて意気を失った夫を励ましながらたけの子生活から生きのびてきた女性。彼女たちは徐々に、自分の行動力に自信を得ていった。[2]

ここまでくると、谷村が素子から感じた肉体の衰亡に象徴される「死」は、男の特権の「死」、旧制度との切断ということになる。『女体』の中に「素子とは何者であるか？」、「そして、女とは？」という設問がある。

> 素子とは何者であるか？谷村の答へはただ一つ、素子は女であつた。そして、女とは？谷村にはすべての女がただ一つにしか見えなかつた。女とは、思考する肉体であり、そして又、肉体なき何者かの思考であつた。この二つは同時に存し、そして全くつながりがなかつた。つきせぬ魅力がそ

---

[1] 塚田幸光「「性」を〈縛る〉――GHQ、検閲、田村泰次郎「肉体の門」――」『関西学院大学　先端社会研究所紀要』第11号、2014年3月、54頁。

[2] ドウス昌代『敗者の贈物』講談社、1979年7月、262頁。

こにあり、つきせぬ憎しみもそこにかかっているのだと谷村は思った。[1]

　女の正体を探求することは、男の正体への疑問から由来したことであり、女との比較対照から得られた自問である。この設問は谷村の自問であると同時に、戦後日本において男性の「特権」が失われた時の困惑、敗戦のショックで価値観が再評価される気運の中での混迷と理解することもできる。家父長制下で一家の主人として存在し、国家に貢献するために生きてきた男が、法的に女と平等化された時、谷村のように自失状態に陥ってしまうことは十分に考えられる。

　谷村の妻である素子と、谷村が告白しようとした信子には、「淫蕩」という共通点がある。『恋をしに行く』の中で、信子が「生まれつきの高等淫売」で、無貞操な妖婦と知った谷村は、それを口説きがいとして信子に迷わされ、殺されたいと思っていた。「淫蕩」という終戦直後に安吾の作品の中でよく登場する女性像には、慰安婦とパンパンガールが投影されていると想像されるが、その根底には「解放」の思想が流れているのではなかろうか。「売春婦は、被占領国日本の屈辱であると同時に、過去をたち切られたところで開き直って生きる『解放』の象徴的な存在でもあった」[2]と言ったように、五十嵐恵邦は田村泰次郎の肉体文学について以下のように述べている。

　　身体を「思想」の絶対的な対立物とする田村の立場は、安易なものにみえるが、彼は、戦争のために日本人を動員した思想と、日本の敗戦を隠蔽した思想の両者に対抗するために、身体の直接性を特権化したのである。
　　田村にとって、身体は、歴史を正しく理解するための基礎であり、思想家や作家が戦時中についた「ウソ」は、身体によって粉砕されねばならない。[3]

---

[1] 坂口安吾『坂口安吾全集04』筑摩書房、1998年5月、125頁。
[2] 中村政則ら編『戦後思想と社会意識』岩波書店、2005年7月、247～248頁。
[3] 五十嵐恵邦『敗戦の記憶—身体・文化・物語　1949～1970』中央公論新社、2007年12月、91頁。

上の引用の前提は「解放」である。身体は「解放」された時のみ、思想を粉砕しうる、思想の対立物となり得るのである。占領は女性解放のきっかけとなったが、パンパンガールが生まれた土壌でもある。女性解放という表象を安吾は売春婦というテーマにうまく織り込んだと言えるだろう。

　「解放」は、戦後アメリカの占領による政治改革、社会改革がもたらしたものである。女性の肉体的な解放を描く作品が人気を博しえたのは、終戦後の急激な変貌という時代背景が存在したからである。このことは明治時代に流行していた「毒婦物」を連想させる。淫乱、詐欺、陰謀などの悪徳行為をなした「毒婦」と呼ばれた女性たちが、明治時代の作品に登場して人気を集めたのも、大変動という時代背景があったからではなかろうか。野口武彦は「毒婦物」が流行した時代背景について次のように述べている。

　　久保田彦作や仮名垣魯文が、維新変革の前と後とを生きた最後の戯作者だったからということもあるだろう。しかし、それ以上に、そうした戯作者の本能が吸収し、反映した時代の空気のうちに政体の変化などしょせんは遠い出来事であるような粘着した成分、毒婦造型の想像力の養分ともいうべきものが低徊した。開化の東京文明は、幕末頽唐期とまさに地続きであった。そしてそのような「伝統」を背景にしてこそ、それら最後の戯作者たちは開化の毒婦を描くことができた。[1]

　終戦後の肉体文学であろうと、明治時代の毒婦物であろうと、大変動の時代という点では共通している。文学作品の中の女性像の異状には時代の激変が隠れているように、安吾は女性像を描くことで改革と解放を描こうとしたのではなかろうか。

　安吾は『パンパンガール』（1947年10月）の中で、パンパンガールについてこのように述べている。

---

[1] 野口武彦「毒婦物の系譜」『国文学　解釈と教材の研究』21巻10号、1976年8月、57頁。

然しパンパン諸嬢は元は女学校の優等生だが、自然人への変化と同時に知性の方も原始人的退化をとげて、自然人たることに知性の裏附けを与へ、知性人たる自然人に生育している「愛すべき人」は一人もいないやうである。彼女らが知性人としての自然人となるとき、日本は真に文化国となるのであらう。<u>パンパンは一国の文化のシムボルである。</u>[1]

「知性人」、「自然人」とは、民主主義時代の解放された人間を指すのではなかろうか。パンパンガールの身体が解放されたと考えることは、民主化の段階を象徴していると言える。その意味で、『女体』における女性の変化には日本の近代化へのプロセスが表れている。

4　『不連続殺人事件』と法律改正の問題

　安吾の長編探偵小説『不連続殺人事件』は、1947年8月から1948年8月までの間、『日本小説』に連載された。作品は、犯人が歌川家の財産を奪うために8人を不連続的に殺害し、歌川家を亡ぼした事件を描いている。殺される手段はバラバラで、警察は共通点から犯人を割り出すことができない。数人を殺す殺人事件というテーマは、「乱世」という戦後の世相を象徴すると同時に、社会の新風をも表象している。

　作品が発表された当時、江戸川乱歩はこう評している。

　　この小説の普通の意味での最大のトリックである犯人の人間関係についての欺瞞は、常識的な社会を背景とすると、白紙の上の黒点のように、忽ち看破される虞れがあるが、こういう乱倫の社会、男は凡て色魔であり、女は凡て娼婦であるこの世界を持って来れば黒紙の上の黒点となり、欺瞞の妙を発揮する。[2]

---

[1]　坂口安吾『坂口安吾全集 05』筑摩書房、1998年6月、458頁。

[2]　江戸川乱歩「『不連続殺人事件』を評す」（1948年12月）、関井光男『坂口安吾研究Ⅰ』冬樹社、1974年、149頁。

この長編に対する従来の研究は、主にトリック研究と内容研究からなされてきた。

　トリック研究については、鬼頭七美が「この作品は、叙述の両義性を駆使したトリックを頂点にして、叙述上の非論理性や巨勢博士の非論理性を、むしろ下位次元のトリックとして機能させている」[1]と述べている。笠井潔は自分の探偵小説という形式に下した定義「無意味な死者を意味ある死者に虚構的に変貌させる文学装置」という観点から、安吾の『不連続殺人事件』を論じ、「歌川家の連続殺人事件が実は『不連続』であること、ようするに意味ある死を無意味な屍体の山に埋めてしまうため実行されたものである」[2]と指摘している。押野武志は「戦後の本格ミステリ・ブームを支えていた安吾や横溝の作品の中心にあったのも叙述トリック[3]であった」[4]と述べている。

　思想性に関しては、藤原耕作が「『不連続殺人事件』が、いくつかの場面で安吾の『ふるさと』につながっていることも、ゆえのないことではないのである。この作品の『ファルス』としての意味も、そこから理解する必要があるだろう」[5]としている。宮澤隆義は「その探偵小説観を、『政治』そのものを『カラクリ』

---

[1] 鬼頭七美「『不連続殺人事件』のトリックとロジック―その文芸性をめぐって―」『国文目白』（37）、1998年2月、139頁。

[2] 笠井潔『探偵小説論Ⅰ　氾濫の形式』東京創元社、1998年12月、116頁。

[3] 叙述トリックとは、読者の先入観や思い込みを利用し、一部の描写をわざと伏せたり曖昧にぼかしたりすることで、作者が読者に対してミスリードを仕掛けるトリックである。
https://dic.nicovideo.jp/a/%E5%8F%99%E8%BF%B0%E3%83%88%E3%83%AA%E3%83%83%E3%82%AF　（2023年7月26日に閲覧）

[4] 押野武志「不連続殺人事件―本格ミステリと叙述トリック」『国文学　解釈と鑑賞』71(11)、2006年11月、127頁。

[5] 藤原耕作「坂口安吾文学における『不連続殺人事件』の位置」『近代文学論集』（26）、2000年、78頁。

とみなす彼の戦後政治観と重ねて」[1]検討している。

　筆者は『不連続殺人事件』の犯人の殺人動機は当時の法律と深く関わっていると考えている。戦時中の法律では不可能であったことが戦後法律の改正によって可能になったことで、犯人が財産奪取のための犯罪行為に走る。しかし、法律改正の視点からの研究は管見のかぎりではまだない。本稿では、新憲法と法改正による戦後の変化を通じて敗戦、あるいは敗戦による占領が日本にもたらした影響について検討する。

一、戦争と探偵小説との関係

　探偵小説と戦争、残虐な死との関係について、先の笠井潔は次のように論じている。

> 　世界戦争＝絶対戦争の大量死の体験は、決定的に失われた尊厳ある固有の人間の死を、虚構的に復権させるよう人々に強制したのかもしれない。（中略）第一次大戦後の読者が探偵小説を熱狂的に歓迎したのは、二〇世紀的に無意味な匿名の死の必然性に、それが虚構的にせよ渾身の力で抵抗していたからだろう。
> 　無意味な大量死の波間に・みこまれた人間を、意味ある死の側に奪回しようとする不可能な企てにおいて両者は、疑いなくグレートウォーという惨憺たる体験の産物なのである。しかし探偵小説形式には、無意味な死者を意味ある死者に虚構的に変貌させる文学装置という以上のものが、あらかじめ刻まれてもいた。[2]

　世界大戦における人々の想像を絶した苛酷な体験は、探偵小説の中に生かされることになった。日本は十五年戦争での大量の死と終戦後の混乱を直接に体験していた。戦争を生き抜いた安吾は、戦前と戦後の巨大な変化に衝撃を受け

---

[1] 宮澤隆義「「トリック」の存在論：坂口安吾『不連続殺人事件』とその周辺」『昭和文学研究』66、2013年3月、10頁。

[2] 笠井潔『探偵小説論Ⅲ　昭和の死』東京創元社、2008年10月、121頁。

ながらその体験を探偵小説に刻んだ。

1948年1月26日、東京の帝国銀行（現在の三井住友銀行）で起こった16人が毒物を飲まされ、そのうち12人が亡くなった事件（帝銀事件）について、安吾は以下のように評した。

> 私が帝銀事件に感じるものは、決して悪魔の姿ではない。バタバタと倒れ去る十六名の姿の中で、冷然と注射器を処理し、札束をねじこみ、靴をはき、おそらく腕章をはずして立ち去る犯人の姿。<u>私は戦争を見るのである。</u>（中略）
> 私は帝銀事件の犯人に、なお戦争という麻薬の悪夢の中に住む無感動な平凡人を考える。戦争という悪夢がなければ、おそらく罪を犯さずに平凡に一生を終った、きわめて普通な目だたない男について考える。終戦後、頻発する素人ピストル強盗の類いが概ねそうで、すべてそこに漂うものは、戦争の匂いなのである。道義タイハイを説く人々は、戦争は終った、という魔法の呪文を現実に信じつつある低俗な思考家で、戦争といえば戦争、民主主義といえば民主主義、時流のカケ声の上に真理も実在していると飲みこんで疑らぬ便乗専一の常識家にすぎない。[1]　（『帝銀事件を論ず』1948年3月）

上述によれば戦後の犯罪の一部は戦争と関係があり、戦後頻発した各種悪質な事件は戦争の延長線上のものである、と安吾は考えていた。安吾が戦後書きあげた探偵小説の数は多いと言えるが、犯罪を中核とする探偵小説は安吾の終戦後における「戦争体験」の再現だと言えるのではないだろうか。

『不連続殺人事件』において、歌川家の嫡男である一馬が殺されたのは「8月9日」であり、安吾によって完成された『復員殺人事件』（1949年8月〜1950年3月。未完のまま終わったが、高木彬光によって書き継がれた）では、倉田家の長女と次男が殺されたのは「9月18日」になっている。満州事変（柳条湖事件）の日である「9月18日」と長崎原爆投下の日である「8月9日」が

---

[1]　坂口安吾『坂口安吾全集06』筑摩書房、1998年7月、338頁。

安吾の探偵小説の中に登場するのは偶然だと思われない。『不連続殺人事件』における歌川家に誘われた人々は、戦時中に歌川家に疎開していた顔ぶれであり、結局その人たちの集まりの場が殺人の場となり、歌川家の滅亡の場となった。『復員殺人事件』の表題に表れているように復員者が犯人であるという設定からも戦争と安吾の探偵小説との関係が伺える。

安吾の長編探偵小説『不連続殺人事件』は、戦前と戦後の狭間に生じた前代未聞の激しい変化の中で生まれた作品であり、その強烈な変化が作品に投影されていると考えられる。

二、「昭和22年」の意味

安吾の長編探偵小説には『不連続殺人事件』と『復員殺人事件』がある。両作品の共通点の一つとしては「昭和22年」（1947年）という時代設定である。たった二つの長編探偵小説の時代背景を共に1947年に設定したことは、それが安吾の中でどれほど大きな意味を持っていたかを示している。日本で1947年に起きた重要な出来事の一つは新憲法の施行であった。それは日本が民主化へと歩み出す重要な歴史的事件である。

1945年8月15日、日本は連合国に無条件降伏したことにより、アメリカを中心とする連合国に占領される時代へと突入した。アメリカは日本が再び悲惨な戦争を引き起こしてアメリカや世界の安全を脅かすことを防ぐために、日本の「非軍国化・民主化」を進めた。「非軍事化・民主化」を目指すGHQ（連合軍総司令部）は新憲法の制定をその中核とした。そういった背景の中で、最終的にアメリカが主導して作成した新憲法─「日本国憲法」が誕生する。基本的人権の尊重・国民主権（民主主義）・平和主義を基本原理とするこの「日本国憲法」は、1946年11月に公布され、1947年5月に施行された。

第9条で「戦争の放棄と戦力及び交戦権の否認」を示す新憲法に対する安吾の評価は高かった。安吾は作品の中でしばしば新憲法を高く評価している。

　　私は敗戦後の日本に、二つの優秀なことがあったと思う。一つは農地の

解放で、一つは戦争抛棄という新憲法の一項目だ。[1]（『安吾巷談―野坂中尉と中西伍長』1950 年 3 月）

　　人に無理強いされた憲法だと云うが、拙者は戦争はいたしません、というのはこの一条に限って全く世界一の憲法さ。[2]（『もう軍備はいらない』1952 年 10 月）

戦争は 1945 年で終わったが、新憲法が施行された 1947 年こそ日本の新たな転換点と言えよう。新憲法およびそれによる法律改正が日本人の生活に与えた影響は大きかった。例えば、新憲法の第 24 条はこのように規定している。

　　①婚姻は、両性の合意のみに基いて成立し、夫婦が同等の権利を有することを基本として、相互の協力により、維持されなければならない。②配偶者の選択、財産権、相続、住居の選定、離婚並びに婚姻及び家族に関するその他の事項に関しては、法律は、個人の尊厳と両性の本質的平等に立脚して、制定されなければならない。[3]

新憲法の理念に従って民法も改正された。1947 年 5 月 2 日までの日本は 1898 年に施行された明治民法に依っていたが、その後は全て改正され、新民法が施行された。新憲法に従って作成された民法は、遺産相続と離婚・再婚において女性の権利が強化された。『不連続殺人事件』は遺産相続、離婚・再婚について応急措置法が施行されてからの世相が描かれている。

1、遺産相続

明治民法では、家督制度が決められ、嫡出の長男が家督を相続し、一人で全財産を受け継ぐことを原則としていた。しかし、戦後新憲法の第 24 条の平等

---

[1]　坂口安吾『坂口安吾全集 08』筑摩書房、1998 年 9 月、387 頁。
[2]　坂口安吾『坂口安吾全集 12』筑摩書房、1999 年 1 月、543 頁。
[3]　山口昭男発行『岩波基本六法　平成 24 年（2012）年版』岩波書店、2011 年 10 月、19 頁。

原則に反するため、新民法では家督制度が廃止され、諸子均分、生存配偶者の相続権が強化された。たとえば、明治民法（1898年7月）にはこうある。

　　第九百八十六条　家督相続人ハ相続開始ノ時ヨリ前戸主ノ有セシ権利義務ヲ承継ス但前戸主ノ一身ニ専属セルモノハ此限ニ在ラス
　　第九百八十七条　系譜、祭具及ヒ墳墓ノ所有権ハ家督相続ノ特権ニ属ス[1]

それに対して新民法（1948年1月1日施行）ではこう決まった。

　　第八百九十条　被相続人の配偶者は、常に相続人となる。この場合において、前三条の規定によって相続人となるべき者があるときは、その者と同順位とする。[2]
　　第九百条　四　直系卑属、直系尊属又は兄弟姉妹が数人あるときは、各自の相続分は、相等しいものとする。但し、嫡出でない直系卑属の相続分は、嫡出である直系卑属の相続分の二分の一とし、父母の一方のみを同じくする兄弟姉妹の相続分は、父母の双方を同じくする兄弟姉妹の相続分の二分の一とする。[3]

　歌川家で起こった一連の殺人事件は、あやかとその愛人土居光一が歌川家の財産を奪うために起こしたものである。家族法の変化は家族内での特権者をなくした。あやかと土居の歌川家の財産狙いの計画は戦後の家督相続の廃止があ

---

[1] 明治民法情報基盤 http://www.law.nagoya-u.ac.jp/jalii/arthis/1896/html/n2352.html （2018年7月23日閲覧）。

[2] 国立公文書館（1947）『民法の一部を改正する法律・御署名原本』51頁 https://www.digital.archives.go.jp/DAS/meta/listPhoto?BID=F0000000000000102841&ID=&LANG=default&GID=&NO=&TYPE=JPEG&DL_TYPE=pdf&CN=1 （2018年7月23日閲覧）。

[3] 国立公文書館（1947）『民法の一部を改正する法律・御署名原本』55頁 https://www.digital.archives.go.jp/DAS/meta/listPhoto?BID=F0000000000000102841&ID=&LANG=default&GID=&NO=&TYPE=JPEG&DL_TYPE=pdf&CN=1 （2018年7月23日閲覧）。

って初めて行われた、と考えられる。

　二人の計画では、まずあやかと歌川一馬を結婚させ、あやかが歌川家に入る。そして、歌川家の、一馬の遺産相続人であるあやか以外の遺産相続人を全員殺しておく。その上で、一馬をこの一連の殺人の容疑者に陥れて一馬を殺し、自殺の形を装って事件を終結させる。そして、最後にあやかが平然と一馬の財産の唯一の相続人として全財産を継承する。殺された８人の中で、歌川を名乗る人物としては珠緒（多門嫡出娘）、加代子（多門の落としダネ）、歌川多門（歌川家の当主）、一馬（多門の嫡出子）の４人がいるが、彼らはこの順番で殺されていく。

　ここで三つの問題が目を引く。一つ目は、一馬が最後に殺されなければならない必要性、二つ目は、一馬と加代子が財産を二分にするという多門の遺言状、三つ目は、多門の隠し子の子が多門の妻のゆすりの種になることである。

　一つ目の問題に関して、一馬を最後に殺すのは、彼を一連の殺人事件の犯人として陥れるためであり、彼を犯人として仕立てるのに都合がいいという理由がある。戦前の民法に従っていれば、嫡出の長男としての一馬は相続人として当然のごとく家督を相続し、一人で全財産を継承するが、1947年の改正民法によると、子は全員が財産を継承する権利を持つようになっている。この法律で最も損をするのは一馬となるため、一馬が他の遺産相続人を殺すのは最も合理的な動機となっている。実際に警察が一馬の殺人動機を疑ったのも、これが原因である。

　1948年に施行された民法第八百九十条により、生存配偶者の相続が認められた。歌川多門の財産相続人としての資格がある人は、多門の配偶者（常に相続人）、および直系卑属、直系尊属、兄弟姉妹に限るが、生存配偶者と直系尊属がいない多門には、財産相続人は直系卑属、兄弟姉妹の順になる。あやかはその枠に入らないため相続人に当たらない。あやかが財産を継ぐ権利を得るのは一馬の相続人としての場合のみである。一馬が相続人になるためには多門の後で殺されなければならない。より多くの財産を相続するために、一馬が最後に死ぬことが要求されたのである。

　二つ目の問題は、嫡出子と庶子女子が財産を均分することである。珠緒が殺された後、多門が書いた遺言状によると、一馬と加代子両名は財産を均分する

ことになっていた。加代子は多門の娘であるが、母親が女中であるため、歌川家での待遇はいいほうではない。「だから召使いの部屋の一つにいるけれども、女中の手伝いをするわけでもなく、服装なども華美ではないが小ざっぱりした都会風のものを当てがわれて」[1] いた。一馬が招待した客と食事するとき、加代子は縁の欠けた茶碗を使っており、客の待遇より悪い。明治家族法の場合、加代子は庶出女子であるため、家督相続人たる一馬と遺産を二分して相続することは考えられなかった。加代子の歌川家における待遇と多門の遺言状における待遇のギャップは、時代が転換する際の新旧勢力の均分化を示唆する。

一馬が思っている父の多門は、このような人である。

> それに僕のオヤジという人物は、お前の代にはお前の勝手にやるがいい、人間死んでしまえば墓なんかもどうでもいいや、というぐらい、虚無に徹したところのある人物でしたよ。だから旧家の当主に似合ず、家というような観念は少く、本来無東西というような、冷めたい人間孤独の相を凝視しつづけていた人です。[2]

多門は旧家の当主でありながら、「家」制度の観念に執拗に執着するタイプではない。むしろ、もともと「大臣級の政治家で、これからオレの天下と大いに希望のあったところを、てもなく追放」となった人物であるからこそ、時勢の変転を阻めないことは他人より分かっていたのであろう。

三つ目の問題に関しては、海老塚は多門の隠し子の子供で、しかもその隠し子は長男になるはずの人物である。多門の元秘書が多門の後妻であるお梶に「海老塚に全てを知らせて財産分配の訴訟を起させる」とゆすりえたことと、殺人動機が疑われた時の「海老塚が多門の孫だと知っていたら財産を分配するよ」との一馬の反応のように、新しい法律が海老塚に付与した遺産相続の権利も示唆されている。

---

[1] 坂口安吾『坂口安吾全集06』筑摩書房、1998年7月、13頁。

[2] 同上、136頁。

養子縁組の後に養子に子が生まれると、その子と養親およびその血族との間には血族関係が生ずると解する（略）
　　（前略）養子は養子縁組によって養親の親族と親族関係に入るが、他方、本来の血族との間の親族関係はそのまま存続する[1]

　海老塚は多門の孫であることで、たとえその父が海老塚家の養子として育てられたとしても、以上の新民法の解釈によれば、彼と血族の歌川家との間には親族関係が存続していると考えられる。そのため、彼には多門の孫として多門の財産を継承する権利がある。嫡出子が優先して家督を継ぐことが明白であった明治民法では、隠し子はゆすりの種にはならなかったはずである。
　あやかと土居が一馬を陥れた理由にはこのような時代背景も関係している。財産争いの深層には法律の問題があり、法律改正はさらに家制度の存亡と関わっていた。

　　旧家族法［明治民法の親族編］が家父長権を中心とした権力集団を規定していたのに対し、新家族法［昭和22年改正民法の親族編］は、すべての家族構成員の平等（性、年齢等による旧法的差別の撤廃）を基礎とし[2]ている。（［　］引用者による）

　明治民法では家制度が厳格に決められており、家は個人を天皇中心の国家と結びつける効率的な装置であった。個人はいずれかの「家」に属し、それを維持するために存在するのであり、個人の婚姻も「家」のために行われるのが普通であった。細分化された各「家」は、天皇を中心とする国という大きな「家」を宗家とし、国のために奉仕するのである。このように個人は「家」を通じて国家と関連づけられた。しかし、明治以来の政府を支えていた「家制度」は、新憲法の理念と両立しえないため廃止された。「家制度」の廃止は、天皇制国家の基盤を揺るがした。作品の中で一馬が殺された時、「ついに歌川家滅亡、

---

[1] 我妻栄・有泉亨『民法3　親族法・相続法』一粒社、1993年2月、38～39頁。
[2] 川島武宜『イデオロギーとしての家族制度』岩波書店、1970年11月、12頁。

という意外な結果」になってしまった。一馬の死が歌川家の滅亡を象徴するならば、名門である歌川家の滅亡は、天皇制国家を支えていた家制度の滅亡の象徴ということになる。安吾は、『戦争論』（1948年10月）で家制度についてこのように語っている。

> 私は、然し、家の制度の合理性を疑っているのである。
> 家の制度があるために、人間は非常にバカになり、時には蒙昧な動物にすらなり、しかもそれを人倫と称し、本能の美とよんでいる。
> （略）
> 人間は、家の制度を失うことによって、現在までの秩序は失うけれども、それ以上の秩序を、わがものとすると私は信じているのだ。[1]

安吾にとって、天皇制国家、そして軍国体制を支えていた家制度の崩壊は新秩序の成立を意味していた。笠井潔は歌川家の崩壊について以下のように指摘している。

> 山林地主の歌川家は、占領軍による農地解放の激震をも越えて執拗に延命しうる、戦前的なものを代表している。歌川家の壊滅と遺産の奪取計画とは、作者が犯罪という形に託した鋭角的な戦後精神にほかならない[2]

戦後、GHQの指令によって農地改革が行われたが、山林地主はその対象から除外され、莫大な財産を抱えたまま戦後をやり過ごすことができた。それでも、農地改革の不充分さが故に古い家柄として存続できていた歌川家でさえ崩壊してしまった。実際に、戦後の一連の改革の中で、大地主や貴族に打撃を与えたのは、農地改革以外に、財産税もあった。

注目すべきは、農地改革の際に解放から除外された地主の山林所有地が

---

[1] 坂口安吾『坂口安吾全集07』筑摩書房、1998年8月、85頁。
[2] 笠井潔『探偵小説論Ⅰ　氾濫の形式』東京創元社、1998年12月、123頁。

右にみたように財産税の課税によっていずれの地主の場合も大幅に狭められたという点である。それゆえ、山林が未解放のままに残されたとしても、それをもって無条件に旧地主が山林地主として転生しえたと言うことはできない。[1]

このように、山林地主ですら必然的に崩壊したのである。安吾が山林地主という家柄を作品に組み込んだのは、改革の自然な結果を強調したかったからではなかろうか。戦後の民主改革によって、日本は必然的に変わっていくことを安吾は強調したのである。

2、離婚・再婚の意味

作品の第一節は、歌川家の当主歌川多門をはじめとする登場人物たちの淫乱な性関係が展開され、安吾は第一節の見出しを「俗悪千万な人間関係」と名付けている。そのような乱れた関係は、『白痴』（1946年6月）の冒頭に描かれている動物的な無倫理の「生態」を想起させる。相手の分らぬ子供を孕んでいる娘（『白痴』）は、相手が誰だか言わずに堕胎した一馬の妹の珠緒と重なる。夫婦の関係を結んでいる真実の兄妹は、一馬とその妹加代子の近親相姦と似ている。安アパートに住んでいる妾、戦時夫人、淫売婦（『白痴』）は歌川多門の愛人、妾たちの姿と重なる。戦時下を描く『白痴』における路地の無倫理状態は、戦争以来始まったことではなく、「先からこんなものでした」という状態であったのに対し、『不連続殺人事件』における「俗悪千万な人間関係」は、終戦後の新秩序の産物である。時代設定は戦時下であろうと、戦後であろうと、混乱した風景は安吾が生きぬいた終戦後の廃頽を表象している。

終戦後、多門一馬は「ひと月ふた月に一度ぐらいずつ上京のたびに、世相の変転は彼の心に大きく影響」[2]するほどであったが、『不連続殺人事件』における登場人物の結婚、離婚、再婚などがその変化と新秩序の片鱗を物語ってい

---

[1] 升味準之輔ら執筆『占領と改革　戦後日本・占領と戦後改革2』岩波書店、1995年8月、129頁。

[2] 坂口安吾『坂口安吾全集06』筑摩書房、1998年7月、5頁。

る。誘われて一馬の邸宅に集まった人は13人いるが、その13人の中の結婚、離婚、再婚関係は以下の通りである。

　1）歌川家の長男の一馬は、宇津木秋子と離婚し、あやかと結婚した。
　2）宇津木秋子は、一馬と離婚後、三宅木兵衛と結婚した。
　3）神山木曾之は、多門の元妾だが、神山東洋と結婚した。
　4）京子は、多門の元愛人だが、「私」と結婚した。
　5）あやかはもともと土居光一と同棲していたが、一馬と結婚した。

　それほど多くない人数にも関わらず、これほどの離婚・再婚関係にあるということは尋常ではないが、単なる淫乱というわけでもない。この比較的自由な離婚や再婚は終戦後の新憲法と改正民法によるものである。家制度を守るために、明治民法は離婚を厳しく制限していた。しかし、新しい憲法の理念に従って改正された新民法は、家制度を廃止したことによって、大家族を保護する方向から核家族化の進展に寄与することとなった。このような新民法では、女性は比較的結婚と離婚がしやすくなったため、終戦後の離婚・再婚現象は増加している。厚生省の統計によると、昭和10年の離婚率は0.70、昭和15年は0.68、昭和25年は1.01であり[1]、終戦直後から離婚は増え続けた。離婚・再婚が流行していた原因について、木下正も新民法と関連させて分析している。

　　　終戦後の現象として離婚のふえたことは、東京に限らず地方の小都市でもいちじるしい全国的傾向である。これには生活難や風紀関係や、いろいろの原因はあるが、法律の改正によって離婚が比較的容易に行われるようになったこと、離婚の協議に際して女にも男と対等の云分を認めてくれるようになったこと、に大きな原因があると思われる。[2]

　作品の中で、一馬は元妻に離婚されたことに関して、時代の変転を嘆いている。

---

[1] 松村晴路『家族と婚姻　日本の家族関係（I）』杉山書店、1992年3月、247頁。
[2] 木下正「結婚難と結婚紹介所の実相をさぐる」、監修者山本武利、編者永井良和『占領期生活世相誌資料I　敗戦と暮らし』新曜社、2014年8月、341頁。

一馬は別人のようだった。色々抑えていたものが、時代の変転、彼に発散の糸口を与えたものか、オレだって女房を寝とられているんだ、何かそんな居直り方のアンバイで、全くもう女に亭主のあることなど眼中にない執拗さ、ひたむき、食い下ったものである。[1]

　大家族の長男の一馬でさえ、戦後女房に離婚されたことは法改正の力を証明するものであろう。家制度の遵守者であった伝統的な大家族の歌川家の離婚は、伝統と改革との対決の中で伝統が敗北したと理解してよかろう。

　戦争の終結は、必然的に大量の軍人未亡人を生み出した。離婚・再婚現象の中で戦争未亡人の再婚は目立った。1949年9月、厚生省児童局保育課の調査によると、戦争未亡人の総数は1,877,161人[2]であった。戦争未亡人たちは、戦時中に「靖国の妻」として祭り上げられ、国から扶助料が支給されたが、再婚は厳しく禁止されていた。日本を占領したGHQは、戦争犯罪者と軍国主義者を裁いたため、戦争未亡人の扶助料も裁きの対象となった。GHQの措置によって1946年2月から戦争未亡人の扶助料は廃止されることになった。生活の支柱としていた扶助料の支給停止によって戦争未亡人の生活は社会の底辺に落ちてしまったのである。

　　　軍人未亡人の境遇が「英霊の妻」から戦争未亡人へと一変した分岐点は、敗戦の詔勅が発せられた四五年八月一五日というよりは、扶助料の支給が停止された四六年二月ということになるであろう。[3]

　『不連続殺人事件』の中で戦争未亡人の再婚については言及していないが、作品の中の大方の再婚は戦争をきっかけとするものである。歌川家に集まった

---

[1] 坂口安吾『坂口安吾全集06』筑摩書房、1998年7月、6頁。

[2] 厚生省児童局保育課「未亡人調査一覧表」、一番ヶ瀬康子（編集・解説）『日本婦人問題資料集成　第六巻＝保健・福祉』1979年11月、537頁。

[3] 川口恵美子『戦争未亡人　被害と加害のはざまで』ドメス出版、2003年4月、108頁。

連中の大部分は、戦時下に歌川家に疎開していた。疎開中の生活をきっかけに、結婚生活に至ったが、終戦後離婚または再婚したのである。作品の中で一馬とあやか以外の離婚・再婚は、全員戦時下の疎開がきっかけであった。戦争がきっかけであるということは、戦争未亡人の再婚と『不連続殺人事件』の中の登場人物の再婚と共通している。安吾は『堕落論』の中で、こう述べている。

  特攻隊の勇士はただ幻影であるにすぎず、人間の歴史は闇屋となるところから始るのではないのか。<u>未亡人が使徒たることも幻影にすぎず、新たな面影を宿すところから人間の歴史が始まるのではないのか</u>。そして或いは天皇もただ幻影であるにすぎず、ただの人間になるところから真実の天皇の歴史が始まるのかも知れない。[1]

戦争未亡人たちが戦時中押し付けられた「名誉」を捨てて再婚することは「新たな面影」と言えるだろう。『不連続殺人事件』における登場人物が頻繁に再婚するのも安吾のその思いが込められているのだろう。
 松村晴路は終戦直後の離婚率の増加の原因についてこのように分析している。

  第2次大戦後（昭和22年～25年），離婚率は，やや増加（1.0前後）を見せたのは、戦争による混乱・夫の復員・都会の戦災地からの住宅事情・家族の移動など戦後の身分関係の整理と<u>再出発のため</u>からの増加であり[2]
 （括弧原文）

戦後、戦争未亡人の再婚は『不連続殺人事件』における登場人物の再婚とともに「再出発のため」であったと言っていいだろう。「再出発のため」ということは、また安吾の『白痴』における「明日の希望」と同じだと言える。家制度を象徴する歌川家の全滅は、ここで「再出発」や「明日の希望」を表現して

---

[1] 坂口安吾『坂口安吾全集04』筑摩書房、1998年5月、58頁。
[2] 松村晴路『家族と婚姻　日本の家族関係（Ⅰ）』杉山書店、1992年3月、248頁。

いるのではないだろうか。

　安吾が終戦直後の「離婚」ブームから、戦時下の「産めよ、殖やせよ」というスローガンによる結婚の脆弱さを否定し、「再婚」ブームからは戦後の人々が大混乱の中においても希望を失わずに「再出発」しようとする勇気と粘り強さ、逞しさ、強靭さを見出したのも故無きことではなかったと思われる。その逞しさと強靭さは、法律改正を代表とする戦後一連の民主化改革から来た人々の自信によるところが大きいと言える。未亡人の再婚で「人間の歴史が始まる」ように、安吾が『不連続殺人事件』の中で「離婚・再婚」問題にこだわったのは、それが民主化改革への期待を示唆しているからではなかろうか。

　安吾は1950年に書いたルポルタージュ『安吾巷談　湯の町エレジー』の中で戦後の治安の酷さについてこのように述べている。

　　　　敗戦後の日本は、乱世の群盗時代でもあるが、反面大マジメな社会改良家の時代でもあり、ともに風流を失した時代でもあるのである。[1]

　安吾が言う「大マジメな社会改良家」は、戦後に出現した社会を改革しようとする多くの思想家や改革家のことを指すと思われる。マッカーサー元帥が頂点に立つGHQは、戦後日本の民主主義を専制的な方法で実現した。安吾にとって、敗戦後の混乱はただの混乱ではなく、その中にマッカーサーをリーダーとする専制的な方法による民主改革が伴っている。安吾の長編探偵小説『不連続殺人事件』はその混乱と改革が集約された作品と言える。

　戦前と戦後の法律の変化によって引き起こされた一連の問題は、最終的に伝統と改革との対決に帰着する。明治民法と戦後の改正民法とでは、家制度が法律的枠を決められたかどうかにおいて大きな違いがある。安吾が故意に作品の時代背景を1947年に設定したのも、新憲法、新民法がもたらした変化を強調しようとしたからではなかろうか。法律改正がもたらした財産奪取や再婚を作品の中に組み込んだことは、新憲法、新民法が安吾に与えた衝撃がいかに強いかの証拠であろう。『不連続殺人事件』における遺産相続の問題と離婚・再婚

---

[1]　坂口安吾『坂口安吾全集08』筑摩書房、1998年9月、41頁。

の問題は、最終的に新憲法による「家制度」の廃止の影響に集約することができる。『不連続殺人事件』での歌川家の全滅は新体制のもとで「家制度」が消滅したことを表象していると言えるのではなかろうか。

第2節　坂口安吾における「再軍備」反対 (1950年〜1955年)

1　『明治開化安吾捕物帖』の「狼大明神」における〈神〉の意味

一、『明治開化安吾捕物帖』について

『明治開化安吾捕物帖』（1950年10月〜1952年8月、以下『安吾捕物帖』）には20篇の中編探偵小説が含まれている。今田良介は小説の推理ゲーム性について論じ、「『安吾捕物帖』は人間性の追求における一形式に過ぎない」[1]との結論を出している。

この20編を読んでみると、物語の舞台と発生年代が強く頭に残る。まず、舞台について、この捕物帖の事件は「血を見る真珠」（1951年3月）、「石の下」（1951年4月）、「愚妖」（1951年10月）、「赤罠」（1952年3月）の四篇以外は全て「東京」で起きている。時代については、ほとんどが明治20年（1887年）前後に設定されている。そのため、『安吾捕物帖』は明治時代の都市物語として読まれたり、近代主義と関連づけて論じられたりすることが多い。たと

---

[1] 今田良介「推理小説としての『明治開化安吾捕物帖』」『中央大学国文』(57)、2014年3月、87頁。

えば、関井光男は次のように書いている。

> 『明治開化安吾捕物帖』が描いているのは、この日本の新しい文明都市の勃興時代である。作品のなかに巧妙に嵌めこまれている文明開化の風物は、この時代の風物詩として描かれているが、都市風景としても描かれている。「舞踏会殺人事件」の鹿鳴館、「ああ無情」のモウロウ車夫、「密室大犯罪」の曲馬団チャネリ、この「捕物帖」に重要な人物として登場する勝海舟などは、この都市風景として描かれている。挙げていくとキリがないが、明治の風物は、明治維新の都市風景としてじつに生きいきととらえられている。[1]

また、花田清輝は『安吾捕物帖』の近代性を次のように指摘している。

> わたしは、いまだにわれわれの身辺に生きつづけている前近代的なものにたいして肉迫し、仮借するところなく、その病根をえぐりだしている、かれのあざやかな執刀ぶりに脱帽した。ゆたかな民俗学的な知識を縦横に駆使しながら、かれは、日本および日本人のいかなるものであるかを、手にとるように、われわれにむかって示しているのである。つまり、一言にしていえば、『安吾捕物帖』のネライは、日本の伝統との対決にあるのだ。[2]
> （『捕物帖を愛するゆえん』）

明治維新は統一国家と日本近代化の始まりであり、明治維新によって成立された絶対主義天皇制は、その後の軍国政府の堅固な堡塁となり、日本のファシズムへの道を支えていた。花田は明治開化期の世情を近代化の不徹底性として捉え、近代主義の立場から批評した。その「病根」というのは、おそらく明治維新の不徹底性、あるいは近代の不徹底性、つまり「絶対主義天皇制」であり、その「日本の伝統」は、天皇を中心とする伝統文化であろう。花田の論は近代

---

[1] 関井光男「解題」、坂口安吾『坂口安吾全集12』筑摩文庫、1990年8月、477～478頁。
[2] 花田清輝『花田清輝著作集Ⅱ』未来社、1963年12月、139頁。

主義の立場に立ち、近代・明治維新の不徹底性を批判した。花田の論に対して、藤原耕作は次のように述べている。

> 『安吾捕物帖』の世界は、当初新十郎と海舟という近代人が、事件のなぞを解き、その事件の前近代的な「病根」を指摘するという形を取っていたが、次第に「人間」がその主要な問題となり、「読物」から「文学」の世界へと移行していった。それは単に近代主義の足場に立って前近代や日本の近代を批判したものでは有り得ないし、反近代主義でもない。近代／反近代の対立を無効にしてしまうようなところに、この作品世界はたどりついているのである。戦後という近代主義万能の時代に、それに盲従するでもなく、かといって反発するでもなく、その根底を切り崩すような所から「文学」を追求した、そこにこそこの作品の魅力の中心はある。[1]

　藤原の論によれば、安吾は近代主義的な立場をとる代わりに、近代と前近代との対立を解消する地点を選んだことになる。これは花田の論と相違するところであるが、「前近代的な『病根』」が指摘されている点では共通している。近代主義的な立場を取るかどうかはともかく、花田と藤原は、『安吾捕物帖』に近代の不徹底性が描かれている点において同じ観点を持っている。ならば、『安吾捕物帖』は確かに近代性の問題を書いているのだろうか。また、安吾が明治開化期を物語の背景にした目的は何であろうか。
　安吾自身は『安吾史譚・勝夢酔』（1952年5月）の中で、維新後と敗戦後の日本とを対比している。

> 維新後の三十年ぐらいと、今度の敗戦後の七年とは甚だ似ているようだ。敗戦後の日本は外国の占領下だから、明治維新とは違うと考えるのは当らない。
> 　（中略）

---

[1] 藤原耕作「『明治開化　安吾捕物帖』と近代主義」『福岡女子短大紀要』54巻、1997年12月、60頁。

つまり薩長も実質的には占領軍だった。薩長政府から独立しなければ、日本という独立国ではなかったのである。維新後は三十余年もダラダラと占領政策がつづいていたようなもので、ただ一人幕府を投げすてて海舟だけが三十年前から一貫して幕府もなければ薩長もなく、日本という一ツの国の政治だけを考えていた。[1]

　つまり、安吾は「占領」されているという点で明治開化期と戦後とを類似的なものとして捉えていたのである。また、加藤英俊は次のように指摘している。

　その複雑怪奇のなかに、じつは明治という時代のもっていた混乱と無秩序、そして新旧いりまじった感覚のかもしだす雰囲気は異様でさえある。安吾があえて、奉公所や十手・捕縄といった、封建社会の司法制度から近代警察制度に移行する「文明開化」の時代をえらんだのは、わたしのみるところでは、安吾があれほど熱中し、評価した第二次世界大戦の戦後期に似た活力と混迷がこの時期にあったからではなかろうか。かれは、「捕物帖」のかたちをかりて、おそらくその時代に戦後期を仮託し、その時代と風俗をえがきたかったのである。[2]

　さらに、尾崎秀樹も以下のように評価している。

　伝統を創るものは、悪しき伝統との対決者だ。坂口安吾は捕物帖の伝統を借りながらその伝統に反逆し、さらに可能性をふくらますことで、文字どおり"芸術大衆化"の新しい路線を拓いている。勝海舟のベランメエ口調のうらには、安吾その人の眼が光り、維新像の前景には、戦後社会の主

---

[1] 坂口安吾『坂口安吾全集12』筑摩書房、1999年1月、352頁。
[2] 加藤秀俊「解説　時代を読む」、坂口安吾『坂口安吾全集12』筑摩文庫、1990年8月、474頁。

<u>体性を喪失した状況を介在している。</u>[1]

　加藤論も尾崎論も、安吾が明治開化期の「病根」を抉り出すためだけではなく、維新後の世相と戦後の世相の類似性を重ねたからだと指摘している。すなわち、明治開化期の世情と戦後の混沌とした時代相である。本論は、『安吾捕物帖』の一篇である「狼大明神」（1952年5月）を取り上げ、明治開化期の世相に戦後の世相が確かに二重写しになっていたのかを探求していく。

二、「起源」論争

　「狼大明神」は、明治20年（1887年）の蛭川家の当主が殺された事件を主線として描かれている。作品の中で、オーカミイナリ信仰が描かれ、その神主は大倭大根大神の子孫と称して神事をやり、少数ながら一部の信者を擁している。この神官からは、戦時下の天皇が天照大神の子孫と称して「現人神」として国民の上に君臨し、国民の信仰を集めたことが思い出される。一九五〇年代に入ってから安吾は地理・歴史に関するエッセイや小説を少なからず書き、自分なりの天皇家の歴史を「探偵」して天皇制の虚偽性を批判しようとした。したがって、「大明神」を扱う「狼大明神」を、その枠に入れて考察することも可能であろう。

　しかし、この作品についての先行研究は極めて少ない。丸川浩は民俗学への関心を示し、柳田国男の民俗学と関連づけながらオーカミイナリの正体を分析し、「オーカミイナリの一族とその信者には、サンカ＝〈山人〉のイメージが与えられている」[2]と結論を下している。関井光男は民間信仰の視点から次のように評価している。

　　「狼大明神」は坂口安吾の古代社会への興味、民間信仰に結びついた新

---

[1] 尾崎秀樹「戦後批判としての捕物帖」『定本　坂口安吾全集第11巻』冬樹社、1969年1月、598頁。

[2] 丸川浩「『明治開化安吾捕物帖』の世界―民俗学との関連を中心にして」『近代文学試論』（30）、1992年12月、52頁。

興宗教の世界を描いている。この作品にでてくる狼大明神は、明らかに「世直し」思想を体現しているので、その点から言えば、「狼大明神」の意図は民間信仰にある「世直し」を問題にした作品と考えられる。[1]

関井の「世直し」は、おそらく安吾の思っていた明治開化期の社会問題と戦後改革との関係を念頭において言ったものであろう。関井の指摘は適切であろうが、詳しく展開して論じているわけではない。

物語は冒頭で「オイナリ様」が登場し、それを主軸に15年間を隔てた2件の「オイナリ様」関連の殺人事件が引き出される。蛭川家の娘である由利子は、死期を悟った母にオイナリ様への朝夕の参拝を命じられたが、その父（蛭川真弓）と兄はオイナリ様の存在を気にかけていない。由利子がオイナリ様の扉の中で「蛭川真弓　享年四十八歳」という位牌を発見した翌日、真弓は弓の矢で心臓を射抜かれて殺される。真弓の死で15年前の蛭川家番頭であった今井定助がオーカミイナリの神主家の先祖の〈古墳〉と言われるところで矢に射抜かれて殺された事件が蒸し返される。二人は同じく神の矢で殺されている。警察は、15年前に真弓が金箱のために定助を殺し、15年後に定助の息子が復讐のために真弓を殺した、という真相に辿り着いた。

二つの殺人事件はともにオーカミイナリと深く関係しており、これは重要な要素となる。「狼大明神」の中には、オーカミイナリの起源について四種類の説が登場する。オーカミイナリの神主自身は、「先祖は大倭大根大神という神で、日本全体の国王であったが戦い敗れて一族を従えてこの地に逃げ住んだ」と述べている。真弓は、「オーカミイナリというのは邪教だよ。オレだけはその系図や古文書と称する物を見て知っているが、自分で拵えたニセモノさ。拵えてから六七十年はたっているかも知れん」と語っている。郷里の人は、「オーカミイナリを信用せず全然相手にしない」。そして、安吾は、「オーカミイナリの大ヤマト大根大神が同一神だという証拠はどこにもない」と地元の歴史資料と神社を分析した上で結論を下した。しかし、作品の最後まで、オーカミイナ

---

[1] 関井光男「解題」、坂口安吾『底本　坂口安吾全集　第11巻』冬樹社、1969年1月、621頁。

リの起源について明確な結論は出されなかった。

「起源」探求は、「狼大明神」においてだけでなく、エッセイ『安吾の新日本地理』シリーズの中の「安吾・伊勢神宮にゆく」（1951年3月）においても述べられている。伊勢は征服者と被征服者の葛藤を孕む地であり、天皇家は最後に日本を征服した一族だと主張することで、天皇家の祖先の神性は否定される。「飛騨・高山の抹殺」（1951年9月）と「飛騨の顔」（1951年9月）において現天皇家が飛騨王朝の庶流だという飛騨王朝史論で結論づけられている。「高麗神社の祭の笛」（1951年12月）においては、日本民族が朝鮮半島から移住してきた人たちだという民族起源論が展開されている。また、エッセイ『飛騨の幻』（1951年6月）においては、現天皇家に負かされた被征服者は蘇我天皇であり、書紀成立の原因も蘇我天皇の否定にあると推理されている。これらの作品から安吾が物事の「起源」について多大な興味関心を持っていたことが知れる。原卓史は、『安吾の新日本地理』を「歴史と地理の交差する地点に〈神〉を置いた作品」[1]として評価している。

『安吾の新日本地理』シリーズにおける四篇の天皇家関係の作品では、「天孫」が神族ではなく、日本の征服者にすぎず、そもそも日本民族でさえ朝鮮半島から渡来した可能性が高い、というような推理が行われている。たとえば、「飛鳥・高山の抹殺」の中には次のような内容が出てくる。

　　ただ神代以来万世一系などゝはウソであって、むろん亡ぼされた方も神ではない。しかし当時は神から位を譲られたというアカシをみせないと統治ができにくい未開時代だから、そこでこういう歴史ができた。これは当時における当然で必至の方便であるが、現代には通用しないし、それが現代に通用しないということは、天皇が神でなくとも害は起らぬだけの文明になったという意味であるのに、千二百年前の政治上の方便が現代でもまだ政治上の方便でなければならぬように思いこまれている現代日本の在り方や常識がナンセンスきわまるのですよ。この原始史観、皇祖即神論はどうしても歴史の常識からも日本の常識からも実質的に取り除く必要がある

---

[1] 原卓史『坂口安吾　歴史を探偵すること』双文社、2013年5月、76頁。

<u>だろうと思います。さもないと、また国全体が神ガカリになってしまう。</u>[1]

　「狼大明神」におけるオーカミイナリの起源論争の目的は、上述の内容と同じだと言える。一九五〇年代から安吾が「起源」探求に関心を持つようになったのは、偶然ではない。1946年の昭和天皇の「人間宣言」を契機として、天皇は「神」から人間になった。1946年11月、熊沢寛道が南朝の血統にあたる自分こそ天皇だと主張したことから、偽天皇たちの騒動が日本各地で起きた。同年から昭和天皇が全国巡幸を始め、人気を博した。そして、1950年の朝鮮戦争勃発をきっかけに、日本は徐々に再軍備化されるようになった。安吾の一連の「起源」探求に関する作品はこのような背景にあったもので、安吾の憂慮を発した作品だと言える。

　しかし、「狼大明神」の中では、『安吾の新日本地理』に描かれた天皇家像と違うイメージの「神」が作られている。オーカミイナリには二つの特徴があると言える。まず、前述したように、オーカミイナリの起源について四種類があるが、オーカミイナリが神と関連していることはどの説も確たる証拠もなければ、現地の村人の多くから信用されていない。それどころか、「邪教」視すらされている。また、オーカミイナリは直接関与していないが、その神の矢で二人を殺し、殺人事件に利用された。考えてみれば、オーカミイナリに「権威」というものは全くなく、むしろ、利用された道具にすぎない。

　なぜ、安吾はこのようなオーカミイナリのイメージを作ったのか。小説を読めば、大倭大根大神の子孫と称するオーカミイナリの神主からは神の子孫と称する天皇のことが、そしてオーカミイナリからは伊勢神宮のことが連想させられる。このような「神」はまた天皇制と関係があるのだろうか。

　まず、維新後の神社の変化について考察する。

　明治維新後、近代国家を建設するために、天皇の統合力が利用された。天皇の権威を向上させるために神道が国家政治において強調されるようになる。1871年、太政官が神社は国家の宗祀であると宣言した後、全国11万座以上の神社が中央集権的に再編成され、国家的性格を与えられた。もちろん、その全

---

[1] 坂口安吾『坂口安吾全集11』筑摩書房、1998年12月、241頁。

国の神社の頂点に立ったのは伊勢神宮である。1882年、神社神道は「国家の祭祀」や国家宗教としての地位を確保した。1889年、大日本帝国憲法が公布され、続いて、1890年、「教育勅語」が頒布されることで、国家神道の教義は学校教育を通じて国民に植え付けられた。日露戦争（1904年）後、政府は多くの神社を新築した。九・一八事変（1931年9月）後、神社の地位は急激に押し上げられ、結果的に神社と神道は国民総動員の中に組み込まれた。1932年から各地で招魂社の建設と改築、または「軍神」神社の創建が行われ、国民の神社参拝が強制されるようになった。しかも、皇民化政策の推進に従い、一九三〇年代以降、軍国政府は日本人に対するだけでなく、植民地である台湾や朝鮮などにおいても神社参拝を強制し、神社は植民地支配においても重要な機能を担うようになっていた。1940年10月に神祇院が設置されたことで国家神道は国家宗教としての絶頂期を迎え、完全に支配体制に組み込まれた。

このように、明治維新後、尊皇思想の必要から天皇を神聖な存在に祭り上げるための国家神道は、一九三〇年代以降、戦争の進展に従って政治的に利用され、徐々に軍国制度下でファシズム的機能を担う「軍部神道的」国家神道へと発展していったのである。神道儀礼も、総動員制度下で国民を戦争に投入させる思想的な役割を果たしていた。

関澤史郎は国家神道のことを次のように述べている。

> もともと国家神道体制は、地域に散在する民俗的共同体的性格の神社を、国家的道徳的祭神を祀る特別に社格の高い神社を中心に再編成し、伝統的民俗的信仰を国家的忠誠にリンクし吸収しようとするものであった。これに対し十五年戦争期に見られるのは、私的個人的祈願所や地域共同体の信仰の場であった神社の国家祈願所的性格を強化する動きであり、これに反する非国家至上主義的な伝統を排除する傾向である。これは神社界の側から言えば、<u>伝統的民俗的信仰の衰退する中で、国家への依存を強めることでその発展をはかろうとする</u>選択をおこなったことを意味する。[1]

---

[1] 関澤史郎『近代日本の思想動員と宗教統制』校倉書房、1985年12月、235頁。

引用部から窺えるのは、先祖崇拝・自然崇拝・精霊崇拝などのアニミズム的で、教義も曖昧であった伝統的な神道が国家神道へと発展する道程であり、その衰頽の道程と重なる。国家の強硬的な干渉がなければ、伝統的な神道は国家神道や戦争の道具にはならなかったであろう。「狼大明神」におけるほとんどの村人のオーカミイナリに対する無関心は、伝統的な神道信仰の凋落の象徴となりうるし、戦後における日本国民の天皇制への無関心をも暗喩しているのではなかろうか。伝統的な神道信仰の凋落はまた、神道の本来発展すべき道でもある。「狼大明神」におけるオーカミイナリの起源探求は、結局神道の本来発展すべき道を露呈した。その中に、軍国制度を支えた国家神道の脆弱性が曝され、あえて神道を国家化に推進した軍国政府への皮肉も暗示されている。

また、「狼大明神」の中で、安吾は被害者兼加害者である真弓と蛭川家の番頭である川根の口を借りてオーカミイナリを「邪教」と呼ばせている。オーカミイナリの神主が本当に神の子孫であるかどうかは、作品の中では明確にしていないが、神を祀るオーカミイナリが「邪教」だとの言い草は、国家神道への皮肉が込められている。

絶対主義天皇制政府は、国民教化のために神道以外の宗教運動を弾圧した。一連の弾圧は、改正刑法（1907年）74条（不敬罪）、改定治安維持法（1928年）、宗教団体法（1940年施行）と改正治安維持法（1941年）によって強行された。1928年の改定治安維持法では結社について厳しく決められ、宗教団体の言動が制限された。宗教団体法と治安維持法の改正によって不敬罪の範囲は拡大され、宗教弾圧が一層強化されていく。

たとえば、1907年の改正刑法の不敬罪の条文は以下の通りである。

　　第74条　天皇、太皇太后、皇太后、皇后、皇太子又ハ皇太孫ニ対シ不敬ノ行為アリタル者ハ三月以上五年以下ノ懲役ニ処ス
　　神宮又ハ皇陵ニ対シ不敬ノ行為アル者亦同シ
　　第76条　皇族ニ対シ不敬ノ行為アリタル者ハ二月以上四年以下ノ

懲役ニ処ス[1]

　1933年の美濃ミッション事件（神社参拝拒否事件）[2]をきっかけに、神社参拝を拒否する宗教団体を「邪教」視する「邪教撲滅」運動が展開された。二回にわたる大本事件[3]で、結局1935年には神道的宗教の一つである大本が弾圧され、翌年に解散された。1940年、宗教団体法に基づき、キリスト各派が統合を強要され、治安維持法によって教会解散、獄死等の弾圧を経験した。結局、宗教団体の多くはこうした弾圧を恐れ、転向していく。

　「狼大明神」における一件目の殺人事件では、「オーカミイナリの子孫が自分の祖神のミササギであると称している聖地」で、二つの「不敬事件」が起きる。一つ目は、神の矢で蛭川家の番頭である定助が殺されたこと、二つ目は、定助が殺されたところに宝物が隠されていたと思い込んだ人々がその周辺を大がかりに掘ったことである。村人たちの「祖神のミササギ」＝「聖地」に対する「不敬」と軽視は、刑法の「不敬罪」と相対的である。「狼大明神」以外に、『安吾捕物帖』のもう一つである「魔教の怪」（1950年12月）においても「邪教」の問題が取り上げられている。

　明治時代初期から政府が新興宗教を弾圧し、また教祖や信者に対して圧迫を加えていたことを、関井光男は次のように指摘している。

　　地租改正にともなって経済状態がインフレの傾向をたどりはじめ、農民や庶民の不満の声が充ちはじめていたこともあって、新興宗教は巷に溢れ

---

[1] 『刑法改正・御署名原本・明治四十年・法律第四十五号』国立公文書館デジタルアーカイブ https://www.digital.archives.go.jp/DAS/meta/listPhoto?LANG=default&BID=F0000000000000021036&ID=&TYPE=dljpeg （2021年9月21日閲覧）。

[2] 大垣市の小学校の児童が伊勢神宮参拝旅行を拒否したことに端を発し、児童が停学処分とされ、その保護者、教会、美濃ミッションが排撃される運動となった事件。

[3] 大本教（1892年に発足）は、大本の世直し運動で大きな反響を起こし、1921年にはその創立者の一人である王仁三郎が不敬罪などで逮捕され、これを第一次大本事件という。1934年に、王仁三郎らが昭和神聖会を結成し、天皇機関説への激しい批判などの活動をしたが、結局弾圧され、解散させられる。これを第二次大本事件という。

た。政府はこれにスパイを潜入させて調査し、教祖の投獄も辞さなかったが、それでも大衆の声をもった人々の「世直し」を実現してくれる救いの神として隆盛した。[1]

　このことはまた戦後の新興宗教の勃興と似ている。戦後、安吾がエッセイ『安吾巷談―麻薬・自殺・宗教』（1950年1月）、小説『神サマを生んだ人々』（1953年9月）を代表とする多くの作品の中で新宗教の問題について言及したことから、安吾が「新宗教（新興宗教）」についていかに気にしていたかが伺える。「狼大明神」に表れた宗教問題は確かに戦後の世相と重なるが、安吾がオーカミイナリをあえて権威性のない、「邪教」だという村民に軽視される存在に作り上げたのは、絶対天皇制政府に利用された国家神道を皮肉るためであろう。

三、神の衰微していく村空間

　「狼大明神」の中では、オーカミイナリの神主が神の子孫であるかどうか、結局明確な答えはないが、地方の神社あるいは地方の「神様」が衰微していく姿は特に目を引く。

　「狼大明神」は「実在の神社」ではなく、安吾が創作した「架空の存在」であるが、「カミ」に関する地名は多く登場する。「狼大明神」では、「賀美カミ郡賀美村とか、宇賀美とか神山など神の字の地名が多く」とあるが、それは昔、神の影響がいかに大きかったかの根拠である。しかし、神の子孫であるオーカミイナリの神主は山奥に追われ、明治初期になると、オーカミイナリの神主が大倭大根大神の子孫にあたるということを信じる人も、オイナリ様の信者もほとんどいなくなる状況ですらあった。蛭川家はもともと「賀美（カミ）郡賀美村」（旧名）の出で、しかも、「賀美というのは神様の神らしい」が、蛭川家一家は、神を敬拝する様子が一切ない。奥さんが確かに生前にオイナリ様を拝んでいたが、それは自分の夫である真弓が殺人犯であることを推測した上での罪滅ぼしに過ぎない。

---

[1] 関井光男「解題」、坂口安吾『底本　坂口安吾全集　第11巻』冬樹社、1969年1月、612～613頁。

大倭大根大神を祭神とするオーカミイナリは、事件の発生した明治20年前後では、信者が少なく、「いつからか黄金をさがす山師だの山男の信仰を集め、むしろ遠方に信者があった。土地の人たちは殆ど相手にしなかった」だけでなく、神主は自分の代でオーカミイナリは絶えるとさえ言っているのである。オーカミイナリはほとんど影響力を失ってしまったのである。このことは、明治期の大変革下の実像の一つと言える。

　神道主義は古くから日本人の民間信仰として、「家族」や「村落共同体」の秩序の維持に重要な役割を果たしてきた。その証拠に、今でも田舎（地方）に行くと分かるが、どの家庭にも「神棚」があり、有名無名の神社の「お札」等を祀っている。固有信仰によれば、人は死ぬと神となり、子孫を守護するため、子孫は死者の霊魂を神として祀るのである。共同の祖霊を祀ることを通じて家族や同族の団結が強化されるため、先祖の祭祀は家族や同族の統制のために要請される。しかし、明治維新以後、大家族の弱体化と核家族化の発展によって、家父長の権威が漸次衰頽していく。明治維新による政治改革と資本主義の進展に伴い、郷土の大家族から都市に出世を求めに行く人が増えていった。そのような人々は、最初郷土の大家族と緊密に関連していたが、都市生活と都市化の発展に従い、郷土と切り離されていく。従って、以前の大家族下における共通の先祖という観念が希薄化し、先祖祭祀の機能も次第に消滅していき、祖先の霊威を実感させることで家を維持する古い「家」は解体したのである。

　そのような郷土を離れた人たちは心の「ふるさと」と一体感を旧来の家族と郷土の代わりに、国家に求めるようになった。それがまた最終的に明治天皇に収斂され、家族国家論に発展したのである。家族国家観は、天皇家の祖神である天照大神を日本国民全体の祖神とし、天皇家と国民の各家族の関係を宗家と分家の関係とした上で、日本国を一つの大きな家とするイデオロギーである。

　「狼大明神」における衰退したオーカミイナリと民族同祖論以前の社会に関する描写は、その後の政府の神道儀礼の強制的な組織化と対照的なものとなる。「狼大明神」においては「オイナリ様」の真否と起源について議論されているが、『保久呂天皇』（1954年6月）になると、「狼大明神」よりさらに進んで、「この部落には神社もなかった。オイナリ様の小さなホコラすらもなかった」という設定になってさえいる。二つの小説の時代背景は違うが、村・部落の人々

が神社・神から遠ざかっている村人像を安吾が作ったことは、「神」への不信と嫌味を表すためだと言える。

伝統的な神社が衰えていく例は樋口一葉の『たけくらべ』（1895～1896）にも登場する。『たけくらべ』の中には千束神社と鷲神社が登場するが、結局千束神社は零落していった。前田愛はこの二つの神社の地位の変化をこのように論じている。

「もともと千束全郷の鎮守としてまつられていたこの千束神社は、明治に入ってから竜禅寺一村の村社に規模が縮小され、祭のにぎわいを吉原に隣接する鷲神社にうばわれることになった。また農耕神としての千束神社のありようは、しだいに市街地化して行く大音寺前の住民の生活感覚にそぐわぬものとなっていたにちがいない。（中略）年に一度の夏祭は、この零落した農耕の神が吉原の支配に抗して、ようやく実態を失いつつあるその役割を誇示する日であった。このハレの日に、大音寺前の住民は吉原の神、金銭の神として君臨する大鳥大明神の呪縛から解き放たれ、眠っていたムラの記憶をよみがえらせることになるだろう。」[1]（「子どもたちの時間―「たけくらべ」」）

『たけくらべ』における神社の地位の転換は、「狼大明神」における村人の神への態度と共通しているところがある。前田愛は、『たけくらべ』における農耕神を後退させ、都市型神を推進させた力の正体を「近代」そのものに帰結した。「狼大明神」の中で神の廃れていくイメージもここでは「近代」の力の必然的な結果の反映といえるであろう。

加治家と蛭川家とはもともと郡の二大富豪であったが、明治初期の20年間で運命が大きく変わった。「生れつきの実利主義者」であり、加治景村家の黄金を盗んだであろう蛭川真弓も、「地上の総てを動かしうるものは金である。金だけが万能だ」と考えているその息子も、大変動の明治時代の一表象となりうるであろう。蛭川家は明治5年に当時の番頭が「神の矢」で殺された事件の

---

[1] 前田愛『都市空間のなかの文学』筑摩書房、1982年12月、294頁。

せいで地元で生活できなくなり、故郷を引き払い、東京へ引っ越したのである。蛭川家の地方から東京への移動は、明治時代の人々における地方から東京への移動の表象だと考えられる。また、「金銭」と「東京」を選んだことは「近代」を選んだことにもなろう。

それに対して、上京できない村の神たち、および「神の矢」の祟りを恐れ、神に仕えるために山に隠遁した加治家は、伝統の象徴として「近代」と相いれないものとなってしまった。オーカミイナリが上京していないことは作品の中で古き大明神は東京の町にそぐわないものとして描かれたためであろう。

> 山の中を狼のように走ることはできるが、東京の街の中で何ができるものか。[1]（「狼大明神」）

> 東京の人にはあんまり縁のないイナリで、土の中の金をまもるイナリと信ぜられ、山々に金を探す金掘りの人々や、山の人々に信仰されております。したがって神主は山にこもって荒行し、彼が山中を走る時は狼のように物凄い速さであると言われております[2]（「狼大明神」）

ここでは、神社の縮図としてのオイナリ様が「近代」と相克するものと化している。15年を隔てた殺人事件は東京と地方で起きたことから、「狼大明神」は農村・地方（＝伝統）と都市・東京（＝近代）との葛藤の物語とも言える。「近代」を選ぶにせよ、「伝統」を選ぶにせよ、いずれも明治維新という時代の岐路に立った明治期の世相である。安吾が描いた「近代」はまた作品中の登場人物にも表れる。尾崎秀樹は『安吾捕物帖』の登場人物の独自性を次のように述べている。

> 作品史の上からいえば、坂口安吾はここに至って「大衆」＝「国民」の世界像を探りあて、それを文学的に結晶させている。作品の構成―登場人

---

[1] 坂口安吾『坂口安吾全集10』筑摩書房、1998年11月、527頁。

[2] 同上、532頁。

物のユニークな性格が、云うまでもなくその主旋律をもっともよく描いている。[1]

　明治時期の日本は、文明開化へ邁進すると同時に、「天皇」という最大の伝統を利用して、近代と伝統との齟齬の中において近代化を進めていた。近代天皇制国家の宗教的基礎を形成していたのは国家神道であり、国家神道は国家の宗祀として、国体の教義を国民に教えこむ道具となっていた。家族国家観をイデオロギーとする明治政府は、その近代化の過程で重要な一環として、「国民」を創った。

　この『安吾捕物帖』の背景となった時代は、大体自由民権運動が失敗に陥った時期である。明治十年代の日本は激変の中にあった。自由民権運動は、1874年の『民撰議院設立建白書』の提出から始まり、1880年の国会開設請願運動を経て、1887年の建白運動で最後の高揚を迎えた後、1889年に大日本帝国憲法の公布と1890年の帝国議会開設によって終結を迎えた。しかし、自由民権運動は最終的に失敗に終わったと言っても、その中には日本の民衆の「解放」の契機が存した。自由民権運動の特色としては、松永昌三が「日本の人民が国家や個としての人間の問題を自覚的に見つけ出したこと」[2]と纏めている。「激変」の時代、「解放」の契機というキーワードは、また占領期の日本にも適用される。

　一方、1871年に明治政府は、皇族以外に「四民同一」を原則とする近代的戸籍制度を創出した。各家族の規制がこの制度によって実現され、徴兵令を含めての明治政府の各種行政制度がこの制度によって実施されたのである。戸籍制度は「国民」観念を生み出し、またその後の軍備にも条件を提供した。1889年には徴兵令の大改正によって国民皆兵が実現する。安吾は『安吾史譚・勝夢酔』の中で次のように書いている。

---

[1] 尾崎秀樹「戦後批判としての捕物帖」『定本　坂口安吾全集第11巻』冬樹社、1969年1月、608頁。

[2] 児玉幸多ら編『自由民権運動：近代のはじまり（歴史公論ブックス9）』雄山閣出版株式会社、1981年12月、16頁。

勝海舟の明治二十年、ちょうど鹿鳴館時代の建白書の一節に次のようなのがある。

　「国内にたくさんの鉄道をしくのは人民の便利だけでなくそれ自体が軍備でもある。多く人を徴兵する代りに、鉄道敷設に費用をかけなさい」[1]

　おそらく安吾にとって、勝海舟の明治二〇年代は軍備増強の時代でもある。『安吾捕物帖』の中にしばしば海舟を登場させたのは、やはり安吾の軍備への懸念が働いていたからである。安吾が「軍備」のことを特に気にするのは、もちろん15年戦争と戦後日本の再軍備政策と関係がある。小路田泰直は日本の近代について次のように述べている。

　近代日本は、官僚制国家を確立するために天皇親政を国体とし、天皇親政という国体を維持していくために立憲制という政体をとり、立憲制という政体を機能させるために家族国家観を国体イデオロギーとしたが、その延長上に、絶えず家族国家観を、学校教育や社会教育を通じて国民に強制し続けなくてはならなかったのである。
　そしてその家族国家観の強制が、一九三〇年代に入ると、俄然暴力性を帯びるようになっていったのである。[2]

　この意味で、日本の一九三〇年代に始まる対外戦争の制度的原因は、明治期の政体と国体イデオロギーの支柱をなす国家神道に求めることができる。1946年にGHQの「神道指令」と対抗するために創立された「神社本庁」は、天皇・国家と結びついた神社の再度の興隆を図ることを目的としていた。神社・神道が改革されるとは言え、「国家神道」の道が完全に防がれたわけではなかった。明治天皇が1872年から1885年までの間に六大巡幸を行い、天皇像が大いに民衆へ浸透したように、戦後、昭和天皇も巡幸を通じて人気を回復した。天皇巡幸による天皇像の民衆浸透に果たした役割が大きいほど、戦後天皇の統合力の

---

[1] 坂口安吾『坂口安吾全集12』筑摩書房、1999年1月、351頁。
[2] 小路田泰直『国民〈喪失〉の近代』吉川弘文館、1998年12月、29頁。

強大さが安吾に与えたショックも大きくなった。明治時期の近代化にせよ、戦後の改革にせよ、その過程はいずれも伝統・天皇と共に行われた。安吾は再度「国全体が神ガカリになってしまう」ことを恐れたのである。

戦後、『もう軍備はいらない』（1952年10月）などのエッセイにおいて軍備への憂慮を描いたことから、日本が十五年戦争を発動した原因について安吾がいかに気にしていたかが窺える。安吾はその原因を近代の始まりである明治期に突き止めることで、日本の再度の軍備、再度の戦争への暴走を防ごうと努力したのである。

本論のはじめの部分で引用したように、明治期と戦後には類似点と相違点がある。政治状況については「占領」されている点で共通しているが、明治期は旗本が復活しなかったのに対して、戦後の右翼は復活できた。明治期の旗本が復活できなかった原因について安吾は以下のように述べている。

> つまり負けた幕府や旗本というものは、今の日本で云うと、旧軍閥や右翼のようなものだ。軍閥や右翼は敗戦後六七年で旧態依然たるウゴメキを現しはじめたが、明治の旗本は全然復活しなかった。いち早くただの日本人になりきってしまった。海舟という偉大な総大将が復活の手蔓を全然与えなかったのだ。明治新政府の政治力によるものではなかったのである。[1]
> （『安吾史譚・勝夢酔』）

安吾の考えでは、明治期の旗本が復活しなかったのは、海舟が旗本の復活をさせないように努力したからである。それに対して、戦後右翼が復活したのは、海舟のような人物がいなかったからである。安吾があえて『安吾史譚・勝夢酔』を書き、海舟を称えたことには、戦後の再軍備を否定する態度が読み取れる。

この意味で、おそらく安吾は戦後と維新後の世相の同質性のみならず、その相違性をも見抜き、戦後の右翼の復活による再軍国化の可能性への憂慮を発したのであろう。明治期の世相と戦後の世相を比較するのは、安吾の一貫した戦争反対と平和への希求の現れにすぎない。

---

[1] 坂口安吾『坂口安吾全集12』筑摩書房、1999年1月、352頁。

「狼大明神」は推理小説であるが、作品の中の殺人事件は看過される傾向があり、むしろ「カミ」に関する物語を作るために殺人事件が作品中に組み込まれたというイメージが与えられる。とは言え、作品の最後には復讐による殺人事件であったのだと判明している。その復讐には15年かかり、「あのタタリが十五年間、まだとけていなかった」と言うセリフがあるが、これは十五年戦争が安吾および国民の心身に与えた傷はそう簡単には消えない、と理解できよう。

2 『神サマを生んだ人々』における天皇制批判

　終戦後、GHQに占領された日本では、戦犯を処理する段階において、マッカーサーが占領統治に天皇を利用するため、昭和天皇の「戦争責任」を不問とする方針を取った。しかし、昭和天皇の戦争責任問題をめぐっては、天皇制の存続について大きく議論された。それらの議論は、主に天皇退位論、天皇制廃止論、天皇留位の三つの観点に分けられる。天皇退位論について、近衛文麿は、昭和天皇本人および皇室を守るために、天皇が出家し仁和寺に入ることを考えていた。南原繁、東久邇宮らは、連合国に対する宣戦布告は天皇の名で行われたので、天皇には道徳的な責任が存在し、道徳的な責任を取るために、また皇室と国民の絆を守るために天皇退位を主張していた。天皇制廃止論の代表人物は高野岩三郎と徳田球一であり、高野は、大統領制・土地国有化を旨とする「日本共和国憲法私案要綱」を発表し、天皇制廃止を主張した。徳田は、天皇制は暴力による支配体制だとの観点から天皇廃止論を展開した。さらに、連合国側から天皇軟禁説が出たが、最終的に、アメリカは戦後日本の混乱を防ぐために天皇制を残し、昭和天皇の皇位を保留することにしたのである。

　安吾は、個人としての天皇には責任がなく、制度としての天皇制こそ問題である、というような発言をしている。たとえば、評論『スポーツ・文学・政治』（1949年11月）の中で天皇処刑論を主張した石川淳と天皇退位論に言及した石川達三を共に批判した。

> 石川淳さんは天皇制打倒で、どうして終戦後ひと思いに天皇を処刑しなかったかと云っている。石川達三のほうは天皇退位論なんだ。天皇に戦争責任があるから退位しろと云う。天皇に責任があるなんて馬鹿なことはないと思うんだ。責任があると言えば、天皇制を第一に認めることになるじゃないか。ボクは天皇制そのものがなくならなきゃいかんと思っている。責任もくそも、どだい天皇制というものをボクは認めないんだ。[1]

なぜ安吾は天皇に戦争責任がないと主張したのか。安吾の考えでは、天皇は軍人に祭り上げられただけで、戦争に命令を出したり、戦争の経緯を教えてもらったりしていなかった。

> この戦争がそうではないか。実際天皇は知らないのだ。命令してはいないのだ。ただ軍人の意志である。満洲の一角で事変の火の手があがったという。華北の一角で火の手が切られたという。甚しい哉、総理大臣までその実相を告げ知らされていない。何たる軍部の専断横行であるか。しかもその軍人たるや、かくの如くに天皇をないがしろにし、根柢的に天皇を冒涜しながら、盲目的に天皇を崇拝しているのである。ナンセンス！ああナンセンス極まれり。しかもこれが日本歴史を一貫する天皇制の真実の相であり、日本史の偽らざる実体なのである。[2]（『続堕落論』）

天皇には「戦争責任」がないと主張した論者の中に、「天皇機関説」の主張者として知られる津田左右吉がいる。津田は、天皇の神格化を否定し、天皇不親政論などの観点から天皇制を擁護しようとした。彼は論文「建国の事情と万世一系の思想」（1946年4月）の中で次のように述べている。

> <u>六世紀より後においても、天皇はみずから政治の局には当られなかったので、いわゆる親政の行われたのは、極めて稀な例外とすべきである。</u>（中

---

[1] 坂口安吾『坂口安吾全集08』筑摩書房、1998年9月、315頁。
[2] 坂口安吾『坂口安吾全集04』筑摩書房、1998年5月、273頁。

略）そうして事実上、政権をもっていたものは、改新前のソガ（蘇我）氏なり後のフジワラ（藤原）氏なりタイラ（平）氏なりミナモト（源）氏なりアシカガ（足利）氏なりトヨトミ（豊臣）氏なりトクガワ（徳川）氏なりであり、いわゆる院政とても天皇の親政ではなかった。（中略）天皇は政治上の責任のない地位にいられたのであるが、実際の政治が天皇によって行われなかったから、これは当然のことである。[1]（『津田左右吉歴史論集』、括弧原文）

同じ天皇機関説を主張した美濃部達吉は天皇制について次のように述べている。

　世襲の天皇の制は有史以来の歴史的伝統に従い之を存置したけれども、恰も明治維新前幕府政治の時代に於けると同様に、天皇には僅に限られた若干の形式的行為を其の機能として存したに止まり、統治の権能は殆ど全部を除き去り、天皇を殆ど何等の実権なき装飾体たらしめたのである。それは旧憲法に於いて広汎な統治大権が天皇に属して居た為に、天皇を擁する権臣が天皇の名を以て専権を擅にし、其の結果は日本を無謀の戦争に導入し遂に歴史上未曽有の悲酸なる敗北に陥いらしめたことに鑑み、将来斯かる惨禍を再びせざらしむる為には、その禍源たる天皇の大権を除き去ることが缺くべからざる必要であるとせられたのである。[2]（『日本国憲法原論』）

安吾、津田、そして美濃部の論点は、天皇は直接政治に当たらず、天皇制は天皇によって作り出されたものではなく、利用者に創り出されたカラクリに過ぎない、という点において共通している。

安吾が1953年に発表した短編小説『神サマを生んだ人々』は、安吾の天皇制論に基づいて書かれた小説（虚構）と考えることができる。安吾は『堕落論』の中でまたこうも述べている。

---

[1] 今井修・編『津田左右吉歴史論集』岩波文庫、2006年8月、304～305頁。
[2] 美濃部達吉『日本国憲法原論』有斐閣、1954年9月、193～194頁。

私は天皇制に就ても、極めて日本的な（従って或いは独創的な）政治的作品を見るのである。天皇制は天皇によって生みだされたものではない。天皇は時に自ら陰謀を起したこともあるけれども、概して何もしておらず、その陰謀は常に成功のためしがなく、島流しとなったり、山奥へ逃げたり、そして結局常に政治的理由によってその存立を認められてきた。社会的に忘れた時にすら政治的に担ぎだされてくるのであって、その存立の政治的理由はいわば政治家達の嗅覚によるもので、彼等は日本人の性癖を洞察し、その性癖の中に天皇制を発見していた。[1]

　『神サマを生んだ人々』は、料理屋さんの二号が神様に作り上げられたことを描いた作品である。作品には安吾の天皇観が反映されているが、本作品に関してはあまり検討されていない。本論は、『神サマを生んだ人々』の中で「神サマ」がどのように必要とされ、どのように作られたか、作品に登場する「阿二羅教」が何を表象するのか、安吾の天皇観を検討するものである。

一、作られた阿二羅様

　温泉旅館の女主人は、かつて料理屋安福軒の二号であった。この女性は安福軒に温泉旅館のお客さんの二号になれと脅迫された。医者の大巻博士がその温泉旅館に連れて来られた客の一人である。一年後に女はきちがいになり、安福軒は精神病の治療のために医者の大巻博士を訪ねる。大巻博士は安福軒の願いを断るために、女には「神人的性格」があるとでたらめを言う。二人とも女を神サマに祭り上げようとしなかったが、その話を聞いた呉服屋の日野はその話に乗り、「女教祖」を作ろうと図る。そして、その一年後に阿二羅夫人（きちがいの女）を教祖とする阿二羅教という新興宗教が発生する。阿二羅教の教祖は、指圧が得意で、掌の霊力の放射で病気を治し、その治療能力が絶大だとい

---

[1]　坂口安吾『坂口安吾全集04』筑摩書房、1998年5月、54頁。

うことで人気を集めた。

　阿二羅教の教祖が指圧で病気を治すことは、新興宗教史上の「指圧療法」を思い出させる。1935年に登場した世界救世教は、教主が「指圧療法」を試みていた。また、1941年に発足した修養団捧誠会の教祖である出居清太郎は、人々の体に手を当てることで、傷や病気を癒すことができると信じられていた。安吾は阿二羅様の治療方法を造型する際、この二つの宗教のことを頭に浮かべていたのではなかろうか。

　女が「神サマ」になる前の特徴をまとめると、以下のようになる。
　1) 未亡人で、昔は新橋で名を売った一流の美形。
　2) 安福軒の二号。
　3) 温泉旅館の女主人で、安福軒が連れてきた客と肉的関係を結ぶ。
　4) 白痴美で、口数少なく、表情に乏しく、「神様の一族のような気品がある」と言われる。
　5) きちがいであり、精神病と疑われる。

　女は「神サマ」になる前に、安福軒の付属品でありながら、旅館の客と肉体関係を結ばされ、客の二号になれと脅迫された。また精神病と疑われ、安福軒に精神病院に入れられる。女は経済的にも、社会的にも地位が低く、下層の人間として扱われている。彼女自身は自分の意志を持たず、安福軒の意のままに生きている。このような女が、自分の意志で神様になったり、教祖になったりすることは不可能であった。

　安福軒が精神病の症状が出た女を連れて大巻先生のところに入院の相談に行った際、先生は以下のように断っている。

　　あれはたぶん作語症というのだろう。自分独特の言葉をもっているのだよ。これも神人の性格じゃないか。人間どもがみんなバカに見えて、睨みつけると、掌に乗ッかるほど小っちゃくなッちゃうというのは、これも雄大な神人らしい性格じゃないか。だいたい温泉町というものは、教祖の発生、ならびに教団の所在地に適しているのに、あれほどの教祖を東京へ連

れてきて精神病院へブチこむなんて大マチガイだよ。彼女を敬々しく連れて戻って、然るべき一宗一派をひらきたまえ[1]

　結局、話をした大巻先生自身も、話を聞いた安福軒もこの話を真面目に受けとってはいないが、日野がその話に乗り、阿二羅教を起こす。その過程においては、阿二羅様より日野の役割が大きかったと言ってよい。日野が大巻先生のでたらめな話に乗らなければ、阿二羅様の治療能力がいかに絶大であっても、教祖になる野心のない女はただの二号になるか、精神病院に閉じこめられる運命であったはずで、阿二羅教を起こせるはずがない。
　女は信者たちの尊敬を一身に集めた教祖になってからも、自分の意志で阿二羅教を管理したことは一度もなく、自分の意志で「教祖」らしいふるまいをしたこともなく、治療と行事だけのために登場する。代わりに、教会のことは全て管長の日野と幹部の安福軒が采配をふるっていた。
　女は、教祖になる前には安福軒の支配下にいて、教祖になった後は日野の管理下にいる。女が教祖になったのは、彼女の意志ではない。教祖になってからもあえて「教祖」のふるまいをしないことから、彼女はおそらく「教祖」の意味を理解していなかったと考えられる。このことから、阿二羅教の誕生は阿二羅様本人の意思とは関係ない、という結論を導くことができる。
　つまり、「神性」は教祖が生まれつき持っているものでもなければ、彼らの意志によって生み出されたものでもない。このことは、「天皇制は天皇によって生みだされたものではない」という安吾の天皇観と一致する。天皇制が天皇を囲む権臣たちによって作られたように、阿二羅様は、彼女の「神人の性格」を狙い、それを利用して儲けようとした日野によって作られたのである。
　女が初めて大巻先生の病院に連れて行かれた際、「聴診器や体温計はいらないから、メスをだしなさい。お前の悪い血をとってあげる」と言われている。先生のこのように自ら人を治療しようとする特徴を「神人の性格」と称したため、日野はそれを利用して治療能力絶大な阿二羅教祖を作り上げたのである。阿二羅様は、「医者に具わる暗示力」と思われる能力でかなりの難病を治した

---

[1] 坂口安吾『坂口安吾全集14』筑摩書房、1999年6月、161頁。

ことから、その「神性」が称えられた。

　日野は女を利用して「昭和宗教史上特筆すべき一大情事」と言われるほどの宗教を作った頭脳の持ち主にも関わらず、なぜ自ら直接教祖にならなかったのであろうか。おそらく日野自身には「神人の性格」が認められず、治療能力もなかったため、自らあえて教祖になろうとするより、阿二羅様を利用したほうが遥かに便利であると考えたのであろう。

　日野はこの宗教を利用して、地位と名声を手に入れた。安福軒は、阿二羅教を信仰していないが、「なんしろわが家はこの宗教で暮しを立てています」と言うように、それを利用している。このように見れば、阿二羅教が新興宗教となった過程は、安吾が言った天皇制が作られた過程と同じである。

　安吾は平安時代の藤原氏が天皇を立てた件をこのように書いている。

　　　平安時代の藤原氏は天皇の擁立を自分勝手にやりながら、自分が天皇の下位であるのを疑りもしなかったし、迷惑にも思っていなかった。[1]（『堕落論』）

　　　自分自らを神と称し絶対の尊厳を人民に要求することは不可能だ。だが、自分が天皇にぬかずくことによって天皇を神たらしめ、それを人民に押しつけることは可能なのである。そこで彼等は天皇の擁立を自分勝手にやりながら、天皇の前にぬかずき、自分がぬかずくことによって<u>天皇の尊厳を人民に強要し、その尊厳を利用して号令していた。</u>[2]（『続堕落論』）

藤原氏や将軍たちが天皇を自分の都合のいいように利用したように、『神サマを生んだ人々』の中の日野と安福軒も阿二羅様を利用したのである。

　『神サマを生んだ人々』は全部で六節から構成されている。第一節の表題は「二号の客引き」で、第三節の表題は「神サマの客引き」である。この二つの表題を見る限り、阿二羅様は安福軒の二号であれ、教祖であれ、「客引き」の

---

[1]　坂口安吾『坂口安吾全集04』筑摩書房、1998年5月、54頁。

[2]　同上、273頁。

ための金銭を稼ぐ道具でしかないことに変わりはない。裏でコントロールする人と金銭を稼ぐ手段が変わったにすぎない。安福軒は女を意のままに淫売させ、日野は意のままに女に神サマをやらせた。この意味で安福軒と日野は藤原氏や将軍たちと似た存在である。

では、なぜ女は医者でもないのに、治療能力で人気を集めたのであろうか。大巻先生の話を借りれば、こうなる。

> 大巻先生は開業医という商売柄、医者の流行の真因は何かということについては、ひそかに痛感することがあったのである。むろん医学上の手腕にもよるが、処世上の手腕がまた大切で、特に治病を促進するものは何よりも医者に具わる暗示力ではないかということをひそかに考えていたのである。[1]

女が治療できたのは、むしろ患者のほうから暗示されたからであろう。おそらく普通の人なら患者に対する暗示力がそれほど強くないが、ここは「きちがい」が発する「神語」という要素が大事になってくる。言葉を換えれば、患者たちは暗示されたいのである。

安吾は、宗教的狂信者の熱狂ぶりを宗教中毒と称し、次のように評価している。

> 中毒に多少とも意志的なところがあるとすれば、眠りたいから催眠薬をのみたい、苦しいから精神病院へ入院したい、というところだけであるが、人が宗教を求める動機も同じことだ。どんな深遠らしい理窟をこねても、根をただせば同じことで、意志力を失った人間の敗北の姿であることには変りはない。[2]（『安吾巷談　麻薬・自殺・宗教』1950年1月）

ここでは、暗示された患者＝阿二羅様の信徒たちの姿は、「意志力を失った

---

[1]　坂口安吾『坂口安吾全集14』筑摩書房、1999年6月、163頁。
[2]　坂口安吾『坂口安吾全集08』筑摩書房、1998年9月、360頁。

人間の敗北の姿」に当てはめられる。阿二羅様の信徒への皮肉は、安吾の宗教の狂信者への批判と繋がるものである。

二、新興阿二羅教が示唆するもの

　占領軍による日本社会の一連の変革は、新宗教の社会運動と政治運動を促進した。

　　一九四五（昭和二〇）年八月の敗戦と連合軍による人権指令や神道指令の発令、日本国憲法の成立による信教の自由の確立と政教分離制度の成立によって、自由な宗教的空間の大きな広がりが日本社会に生みだされた。明治以来の社会経済的近代化にもかかわらず、前近代的な文化装置の桎梏のもとで抑圧されていた宗教的欲求が解放されたのである。それのみならず、議会制民主主義の確立と政党政治の復活によって、個人や集団が宗教的情熱や信念に基づく社会活動や政治活動を展開できる可能性が開かれたといえよう。[1]（括弧原文）

　戦後、「民主主義」時代に対応させるために教理を書きかえた宗教があった。たとえば、「戦前から存在した創価学会や、霊友会、立正佼成会やPL教団（完全なる自由の教団）などの宗教諸集団は、非常にたくさんの信奉者を獲得した」[2]。また、天皇制の弾圧がなくなったことをきっかけに、群小教団が続出した。たとえば、世に注目を集めた新宗教としては「璽宇」と「踊る宗教」（天照皇大神宮教）[3]が挙げられる。その中で、天理教と立正佼成会は終戦後比較的早く政界にも進出した。
　阿二羅様のイメージは、戦後の新興宗教の一つである璽宇教の教祖璽光を想起させると言われている。特に璽宇教の女性教祖であった璽光尊は、当時名高かった大相撲の元横綱双葉山と囲碁の名人呉清源と共に安吾の作品でしばしば

---

[1] 中野毅『戦後日本の宗教と政治』大明堂、2003年3月、144頁。

[2] 遊佐道子著・衷輪顕量訳『日本の宗教』春秋社、2007年12月、192頁。

[3] 島田裕巳『戦後日本の宗教史』筑摩書房、2015年7月を参照。

言及されている。璽光尊は、生き神と称されながら病気直しと天変地異の予言を行ったが、1947年2月に金沢大学の精神科医に誇大妄想狂という診断を下された。では、璽光の教祖・神様としての地位を安吾はどう思っていたのか。

島原の乱では、天草四郎は「天人」として祭り上げられた。安吾は「天人」としての天草四郎に対してこう述べている。

> 天草の切支丹一揆といえども十六の美少年の説教だけで事が起るわけはなく、多くの黒幕の浪人どもが居った。また島原の農民一揆が天草の切支丹一揆に合流するまでにも、天草の黒幕だけではなく島原側にも土着の策師や浪人たちがレンラク談合して渡りがついたもので、この黒幕の策師たちが全て切支丹かどうかもハッキリしないが、切支丹であっても、より多く策師的であったことは十六の美少年を利用してほぼ全島的な叛乱へ持って行った謀略の数々で想像される。[1]（『安吾史譚―天草四郎』1952年1月）

つまり、安吾の考えでは、天草四郎が自らの意志で「天人」になったわけではなく、その「天人」としての地位は、策師の手で作り上げられたものだということになる。この点において、以下で見るように、安吾は「天人」四郎を璽光と重ねて見ていたと考えられる。

> これを今日の教祖に当てはめて云うと、自発的に策をたて自力で術を行う踊る神サマやお光りサマ的ではなく、<u>参謀の手で神格化されたジコーサマ</u>の方にちかい。[2]（『安吾史譚―天草四郎』）

天草四郎が「ジコーサマの方にちかい」という安吾の考えに基づけば、璽光も作り上げられた神様だ、という結論になる。安吾の考えでは、「天人」、「璽光」、「天皇」は同格のものである。また、安吾が描いた阿二羅様と璽光尊との間には、女性、病気直し、本人が精神病と診断された点と、参謀によって神

---

[1] 坂口安吾『坂口安吾全集12』筑摩書房、1999年1月、297頁。

[2] 同上、301頁。

格化された点で共通している。

　新宗教が次々と興った理由について島田裕巳は次のように述べている。

　　璽宇と天照皇大神宮教は、敗戦によって生まれた精神的な空白を埋める方向で活動することで、社会の注目を集めた。とくに、この二つの教団は、戦後、人間宣言によって現人神の地位を下りた天皇の代わりとなることを目指した。それは、終戦後に特有の事態であり、時代に規定されている分、やがて日本社会が落ち着きを取り戻し、着実に復興への道を歩みはじめると、その存在意義は失われていった。[1]

　新宗教が民衆の目を奪い得たのは、民衆の神への追求がとどまることを知らないからである。それは戦後の天皇巡幸からも伺える。1946年元日に天皇の人間宣言が発表される。そして、それをアピールするため、1946年2月19日、川崎、横浜の戦災地視察から昭和天皇の巡幸が始まった。1954年8月の北海道巡幸の実現で、沖縄を除いて全国巡幸が終了した。その中で1947年までの巡幸は群衆に熱狂的に迎えられた。原武史は、民衆の熱狂ぶりを戦前の「親閲式」[2]や「奉迎会」と同種のものだったのではないかと述べている。

　　一方に支配する主体、他方に支配される客体という区別が緩和された形での、昭和初期の親閲式や奉迎会で見られた天皇と臣民の一体化の光景が再現したと解釈することもできよう。[3]

---

[1] 島田裕巳『戦後日本の宗教史』筑摩書房、2015年7月、68頁。

[2] 親閲とは、国家元首などが検閲または閲兵することを指す。昭和初期の親閲式は主に以下の通りである。1928年12月4日、昭和天皇は二重橋前で二万一千七百名の在郷軍を親閲した。1928年12月5日、二重橋前広場で、男女中等学校、青年訓練所、男女青年団、大学専門学校、在郷軍人の約8万人の若者が昭和天皇の親閲を受けた。1929年1月6日、二重橋前で全国消防組親閲式が行われ、参加した人数は二万八千二百余名だと言われた。

[3] 原武史『可視化された帝国』みすず書房、2001年7月、378頁。

日本国内で影響が大きかった巡幸の結果を、GHQや旧ソ連諸国なども重視した。

　　巡幸の最高潮は、四七年であった。初夏の関西を皮切りに東北・甲信越・北陸・中国の一府二〇県を一瀉千里に駆けめぐった。回を重ねるごとに歓迎は大規模化し、大名行列のお祭り騒ぎとなった。随員は、連日御馳走攻めになった。しかしブームをみて、<u>GHQも、ソ連や極東委員会諸国もそれぞれの立場から、天皇制復活を警戒した。</u>[1]

　安吾は、おそらくこのような状況から、原と同じように戦前と連続的な「集団的発狂ぶり」を見たのではなかろうか。天皇巡幸による地方の群衆の熱狂について、安吾はこう述べる。

　　璽光様とは何か、彼女はその信徒から国民儀礼のような同じマジナイ式の礼拝を受けたり、米や着物を献納されたり、直訴をうけたりしており、この教祖と信徒との結びつきの在り方は、そっくり天皇と狂信民との在り方で、いささかも変りはない。その変りのなさを自覚せず、璽光様をバカな奴めと笑っているだけ、<u>狂信民の蒙昧には救われぬ貧しさがあります。</u>[2]
　　（『天皇陛下にささぐる言葉』1948年1月）

　ここで、安吾は「狂信民の蒙昧」を使って信徒たちを批判している。そして教祖と狂信民の関係において、璽光と天皇を同格に見ている。『神サマを生んだ人々』の中の「阿二羅様」が「璽光」を表象するものであれば、阿二羅様は天皇の表象にもなる。信徒の阿二羅様への信仰は民衆の天皇への感情と相似していると言えるためである。民衆の天皇への感情は、天皇を求めている証拠である。このことは、また渡邉史郎が言った「我々の習慣が呼び寄せてしまった

---

[1]　升味準之輔『昭和天皇とその時代』山川出版社、1998年5月、298頁。
[2]　坂口安吾『坂口安吾全集06』筑摩書房、1998年7月、286頁。

何者かであるに過ぎず」[1]の証拠にもなる。阿二羅教の新興、阿二羅様の人気ぶりには、安吾の、天皇が再度政治に利用され、日本が再度戦争に暴走することへの懸念がある。戦後の体制下で、天皇を利用しようとする人と、天皇や神様を求める人が組み合わされば、おそらく「発狂」は防げないためであろう。

三、「人間」の進歩とは何か

天皇巡幸以外に、天皇の「神殿」（＝皇居）に対して特別な感情を抱く人も少なくなかった。安吾は『安吾・伊勢神宮にゆく』（1951年3月）の中でこう述べている。

> この自動車がいよいよ皇居前にさしかかった時に、驚くべし。東京駅と二重橋の間だけは、続々とつづく黒蟻のような人間の波がゴッタ返しているのです。これを民草というのだそうだが、うまいことを云うものだ。まったく草だ。踏んでも、つかみとっても枯れることのない<u>雑草のエネルギー</u>を感じた。[2]

> 深夜のように人気の死んだ大通りから、皇居前の広茫たる大平原へさしかかって、ですよ。又、いよいよ、日本も発狂しはじめたか、と思いますよ。一方にマルクスレーニン筋金入りの<u>集団発狂</u>あれば、一方には皇居前で拍手をうつ<u>集団発狂</u>あり、左右から<u>集団発狂</u>にはさまれては、もはや日本は助からないという感じであった。[3]

マルクス・レーニンを信仰する者であろうと、天皇制の狂信者であろうと、極端に一つの信仰に同調する精神的なものは、安吾が言う「雑草のエネルギー」ではなかろうか。この言葉からは安吾の危機感と民衆（国民）に対する揶揄が

---

[1] 渡邊史郎「堕落の困難─安吾のなかの天皇とその周辺」、『坂口安吾研究第3号』2017年3月を参照。

[2] 坂口安吾『坂口安吾全集11』筑摩書房、1998年12月、107頁。

[3] 同上。

伺える。

　一方、「人間宣言」において、天皇が神であることは否定されたが、天皇が神の子孫であることが認められたことについては、河西秀哉がこう述べている。

　　日本人が神の子孫であるがゆえに他の民族よりも優れているという戦前の思想は否定されるが、一方で天皇は一般的な日本人とは異なる神の子孫としての位置づけを与えられ、その貴種性は担保されている。それによって天皇の人々への権威は保持されたのである[1]

　敗戦後、津田左右吉などは日本の歴史から象徴天皇制の合理性を論議した。象徴天皇制が古来から存在したものという言い方が成り立つのであれば、「天孫降臨」という同じく古来から存在した神話によって、天皇が再び神となりうるのではないか。津田や和辻哲郎などの天皇擁護論であろうと、憲法草案が発表された後の、日本共産党を除く各政党の歓迎ぶりであろうと、あるいは国民の間での人気であろうと、そこからは日本人の天皇制への「親愛」の情が伺える。短い期間で神から人間に降ろされた天皇への熱情が回復すると、今度は「古来から」という口実で天皇に再び神性を付与する可能性も否めない。しかし、鵜飼伸成は、天皇が象徴になれるかどうかについてこのように述べている。

　　天皇は、国民の中に含まれるか、又は象徴であるか、そのどちらかでなければならぬ。同時に両方であることはできない。
　　この場合、天皇はどちらの性格をより強くもつかということは、もっぱら政治的な情勢によって決せらる。もし天皇に超越的な地位を認めず、国民の一員としての存在以上に何ものをも与えようとしない政治的要求が強いならば、それは象徴では──言葉の本来の意味において──あり得ないであろう。[2]

---

[1]　河西秀哉『「象徴天皇」の戦後史』講談社、2010年2月、46頁。
[2]　鵜飼伸成『憲法における象徴と代表』岩波書店、1977年5月、7頁。

ここまで見てくると、天皇が象徴であるかどうかは、理論的に揺れていることが分かる。安吾が『続堕落論』の中で日本を救ったのは天皇であるという事に対して、「嘘をつけ！嘘をつけ！」と言ったことについて、渡邊史郎はこう述べる。

　　安吾が「戦争論」で怒っているのは「天皇制」が一時的な安定のためにはやくも呼び出された安易さに対してであり、そこに「人間」の進歩を見なかったからである。「焼跡を直ちに片づけ、再び直ちに、地震につぶれて火事に燃える家をシシとして、うむことなく、建てる。そんなのは、蟻と同じ勤勉ではないか」と、「火事に燃える家」を天皇制に喩え、それは人間でなく「虫の勤勉さ」だと厳しく揶揄している。天災のあとの復興に「天皇制」を見る安吾は、無論、戦後復興しつつある各地に天皇が巡幸（昭21・2以降）する姿をそこに重ねていただろう。[1]

　戦前の大日本国憲法は「大日本帝国ハ万世一系の天皇之ヲ統治ス」[2]と規定していたが、戦後アメリカの主導の元で作られた日本国憲法第一条は、「天皇は、日本国の象徴であり日本国民統合の象徴であって、この地位は、主権の存する日本国民の総意に基く」[3]という条文になった。一見天皇の役割が大きく変わったように見えるが、「神性」が認められ、保持されたことは、再び「生き神」に復帰する条件、国民統合する可能性が保留されたことを示している。
　おそらく安吾は、終戦後天皇が「象徴」になっても、その実質は変わっていないと言いたいだけではなく、民衆が熱狂的に「神」を必要とすることも戦前と一切変わっていない、ということを強調したかったのではなかろうか。
　なぜ安吾は、『神サマを生んだ人々』の中で阿二羅様が自分の意志で神様に

---

[1] 渡邊史郎「堕落の困難—安吾のなかの天皇とその周辺」『坂口安吾研究第3号』2017年3月、61頁。

[2] 内務省警保局『警察教科書　大日本帝国憲法』1942年、18頁。

[3] 山口昭男発行『岩波　基本六法　平成24年（2012）年版』岩波書店、2011年10月、13頁。

なったわけではない、ということを強調するのだろうか。作られた神様、群衆が求め続けた神様ということの実質は、「ただの人間」であり、神様ではないということである。安吾は作品の中でこう書いている。

　　ただの人間になるところから真実の天皇の歴史が始まるのかも知れない。[1]（『堕落論』）

　　一応天皇をただの人間に戻すことは現在の日本に於て絶対的に必要なことと信ずる。[2]（『天皇小論』）

システムとしての天皇制を政治家が便宜上に作り、また民衆が求めたのであれば、天皇制・天皇自身には罪があるはずがない。天皇を「ただの人間」にするために、民衆（国民）に残る課題は「自我の確立」であろう。

安吾がしばしば作品の中で言及した「集団発狂」や「集団中毒」などの言葉から分かるように、安吾は集団的なエネルギー、集団的な行動を否定する傾向がある。そして安吾は個人の自由、自我の確立を主張した。

　　<u>日本に必要なのは制度や政治の確立よりも先ず自我の確立だ</u>。本当に愛したり欲したり悲んだり憎んだり、自分自身の偽らぬ本心を見つめ、魂の慟哭によく耳を傾けることが必要なだけだ。<u>自我の確立のないところに、真実の道義や義務や責任の自覚は生れない。</u>（中略）<u>自我の確立、人間の確立なくして、生活の確立は有り得ない。</u>[3]（『咢堂小論』年代未詳）

　　政治が正義であるために必要欠くべからざる根柢の一事は、たゞ、<u>各人の自由の確立</u>といふことだけだ。（中略）
　　私は革命、武力の手段を嫌う。革命に訴へても実現されねばならぬこと

---

[1] 坂口安吾『坂口安吾全集04』筑摩書房、1998年5月、58頁。

[2] 同上、87頁。

[3] 同上、10頁。

は、ただ一つ、<u>自由の確立</u>といふことだけ。

　私にとって必要なのは、政治ではなく、先ず<u>自ら自由人たれ</u>といふことであつた。[1]（『暗い青春』1947年6月）

　安吾は、日本が戦争で暴走したのは盲目的な集団行動の結果であり、政治を正すのは盲目的な集団行動を避け、自我を確立することであると主張している。『神サマを生んだ人々』の中の安福軒は、阿二羅様を金になる道具として使いながら、「全然宗教に心をうごかされたことがない」。そして、大巻先生の入信を止め、こう勧告している。

　ボクは生活のためですからあの宗教と離れるわけにいきませんが、あなた方がなにもあんな物に関心をもつことありませんよ。あんなもののどこが面白いんですか。[2]

　これは、安福軒が盲目的に集団行動しない人物として作られた、と理解してもいいだろう。この意味で安福軒は自我の目覚めの表象として存在している。これはまた、天皇が「ただの人間」になることと繋がる。民衆が天皇を求めたのは、盲目的な集団発狂によるものである。そして、この問題を解決するには、「自我の確立」を実現しなければならないと安吾は考えていた。

3　『狂人遺書』における再軍備批判

　戦後、安吾は戦国武将をテーマとする小説を少なからず創作した。朝鮮戦争の勃発とアメリカに強いられた「日米安全保障条約」の締結をはじめとする日本政府の一連の再軍備の動きは、安吾の「十五年戦争」の記憶を再び蘇らせたのではないかと考えられる。1952年に発表されたエッセイ『もう軍備はいら

---

[1]　坂口安吾『坂口安吾全集05』筑摩書房、1998年6月、214頁。
[2]　坂口安吾『坂口安吾全集14』筑摩書房、1999年6月、173頁。

ない』は、安吾の日本政府の再軍備への批判であると同時に、彼の憂いでもある。日本政府のますます強まる軍備動向を見た安吾の憂いは減退せず、やがてその憂いは、豊臣秀吉による朝鮮出兵を主線とする小説『狂人遺書』（1955年）の基調となった。

秀吉を主人公とする作品としては、これまでに評論『我鬼』（1946年）、長篇小説『真書　太閤記』（1954年8月〜1955年4月）、長篇小説『狂人遺書』（1955年）がある。『真書　太閤記』は、少年の秀吉が、信長の麾下になり、1560年の桶狭間の戦いまでの逸話が描かれている。それに対して、『狂人遺書』は、朝鮮出兵を主線として晩年の秀吉を描く作品である。それ以外に、黒田如水を主人公とする長篇小説『二流の人』（1948年）の中にも秀吉の逸話が多く挿入されている。『狂人遺書』は、秀吉の憂慮を反映した作品であり、安吾の再度の戦争への不安が示唆されていると考えられる。

一、先行研究

『狂人遺書』の同時代評として、神西清は「この作の場合、僕は要するに秀吉自身にこういう遺書を書かせるということ自体、つまりこの形式そのものが、どだい無理だと思うんです。どうも初めから成立できない小説を書いているような気がするな」[1]と低く評している。それに対して、一九七〇年代、関井光男は「『狂人遺書』を読んだ人は、おそらく坂口安吾が狂人になったと錯覚するかも知れないという、彼特有の自負をもって書きはじめられた畢生の作品である」[2]と高く評価している。

従来の研究については、まず、十重田裕一と菊田均が安吾の歴史認識について検討している。十重田は、「『狂人遺書』の基本構想が安吾自身も体験した第二次大戦前後の価値観転倒に根差すとすれば、この時期に『狂人遺書』が書かれた歴史的必然性は、敗戦から脱「戦後」へと至る過渡期に安吾によって感

---

[1] 神西清「小説診断」『文学界』1955年2月、『坂口安吾全集15』筑摩書房、1999年10月、747頁。

[2] 関井光男・解題、坂口安吾『定本坂口安吾　第六巻』冬樹社、1970年8月、682頁。

受された、更なる価値転倒の予感、あるいは危機感にあったのである」[1]と指摘している。菊田は、「秀吉の朝鮮出兵がこの作品では取り上げられているが、秀吉にとっての戦争は、当然安吾にとっての太平洋戦争でもあっただろう。明確な目的もないまま、ズルズルと戦争に巻き込まれるという点でも、朝鮮出兵と太平洋戦争は似ている」[2]と指摘している。菊田がいう秀吉の朝鮮出兵は、安吾の太平洋戦争だという考えには納得できるが、「明確な目的もないまま、ズルズルと戦争に巻き込まれる」という言い方は、間違っているのではなかろうか。なぜなら朝鮮戦争と太平洋戦争には「明確な目的」があったからである。

また、原卓史は典拠問題を詳しく考察し、「坂口安吾の「狂人遺書」は、徳富蘇峰『近世日本国民史』[3]、池内宏『文禄慶長の役』[4]、京口元吉『秀吉の朝鮮経略』[5]などを典拠として成立していることが明らかとなった」[6]と指摘している。

さらに、岸本梨沙は、「『我鬼』において"狂人"と断言した秀吉を、本作では狂人として描かない。しかしタイトルにおいて"狂人"であると宣言する。そこには明らかな隔たりが生じる。そしてこのように実際の描写と、作家安吾自身が"狂人"と断じてしまうこととの隔たりによって、以前秀吉を"狂人"として見た自分の視線を批判しているとはとれないだろうか」[7]と述べている。

先行研究では、『狂人遺書』には太平洋戦争が投影されていると指摘されてきたが、それは指摘にとどまるだけで、どのようにそれが投影されていたのかに関する具体的な分析は私見の限りまだない。安吾が1955年に『狂人遺書』

---

[1] 十重田裕一「坂口安吾の豊臣秀吉」『国文学解釈と鑑賞別冊　坂口安吾と日本文化』至文堂、1999年9月、117頁。

[2] 菊田均「狂人遺書」『国文学解釈と鑑賞』別冊坂口安吾事典作品編、2001年9月、174頁。

[3] 徳富蘇峰『近世日本国民史　豊臣氏時代丁篇・朝鮮役』上巻、民友社、1921年10月。

[4] 池内宏『文禄慶長の役』正篇第一、丸善、1914年8月。

[5] 京口元吉『秀吉の朝鮮経略（日本歴史文庫）』白揚社、1939年12月。

[6] 原卓史「「狂人遺書」論―豊臣秀吉」『坂口安吾　歴史を探偵すること』双文社、2013年5月、264頁。

[7] 岸本梨沙「坂口安吾「狂人遺書」論」『成蹊国文』(51)、2018年3月、69～70頁。

を創作したことは、朝鮮戦争とそれによる日本の再軍備と関係があるのではないかと考えられる。しかし、どのように関係しているのかについての研究も管見の限り見られない。本論は、『狂人遺書』は本当に太平洋戦争を意識して描かれた作品なのかを検証するとともに、作品における再軍備への安吾の憂慮について検討することを目的とする。

二、『狂人遺書』における朝鮮出兵が示唆するもの

秀吉による朝鮮出兵は、明を征服し、東アジア全体を支配下に置こうと意図したものだと言われている。朝鮮に出兵し、朝鮮を平定した後は「征明」を行おうともしている。秀吉の野望について、石原道博は次のように述べている。

> 朝鮮と明を平定したのち、天竺（インド）・呂宋（フィリピン）・高山国（台湾）なども支配下におさめて、東南アジアに一大統一国家をうちたてることであった。[1]（括弧原文）

しかし、熱田公は、朝鮮出兵は秀吉による家臣団の紛争回避のためだったと主張している。

> 大陸進出は、こうして、天下統一の過程で大名たちに示しつづけてきた大きなパイを、いよいよ手にとらせるため、実行に移されることになった。利休の死に象徴される、目立ちはじめていた政権内の亀裂も大規模な外征をやることで修復が期待されたし、御前帳の作成、全国的規模での再検地の実施など、総動員にむけての施策は、統一政策のいっそうの浸透にもなった。[2]

朝鮮出兵の話は、『狂人遺書』にだけではなく、秀吉に関する評論『我鬼』（1946

---

[1] 石原道博『文禄・慶長の役』塙書房、1963年7月、13頁。
[2] 熱田公『天下統一』集英社、1992年4月、327頁。

年9月）の中でも言及しているが、『我鬼』における朝鮮出兵の原因は石原が指摘した点とは異なる。

>　朝鮮遠征は一代の失敗だった。秀吉は信長以上の人物を知らないので、信長のすべてを学んで長をとり短をすてたが、朝鮮遠征も信長晩年の妄想で、その豪壮な想念がまだ血の若い秀吉の目を打った。それは信長晩年の夢の一つといふだけで、ただ漠然たる思いであり、戦場を国の外へひろげるだけのただ情熱の幻想であり、国家的な理想とか、歴史的な必然性といふものはない。秀吉は日本を平定して情熱が尚余っていたので、往昔ふと目を打たれた信長の幻想を自分のかねての宿志のようにやりだしたのだが、彼は余勢に乗りすぎていた。明とは如何なる国であるか、歴史も地理も知らない。ただ情熱の幻想に溺れ、根柢的に無計画、無方針であつた。[1]

この段落から分かることは、①朝鮮出兵への否定、②朝鮮出兵は秀吉の日本平定後の「情熱」の幻想にすぎないという点である。しかし、安吾の『狂人遺書』は、秀吉の大東亜建設の野望を否定した形で描いている。全篇を読めば、秀吉を苦しませた朝鮮出兵のことが分かる。秀吉はあえて遺書を残し、自分の発動した朝鮮出兵の真の理由を言いたかったのだと理解できよう。作品の中で朝鮮出兵の原因についてはこのように描かれている。

>　長い戦乱が終った。諸国の大名はそれぞれ己れの最終的な領土を得て、いまや各自の領地経営に専心している。日本平定ということが結果的にはそういう事柄であることが分って、オレは次第に見えざる敵を怖れるような気持ちになった。すくなくとも焦るような気持になった。全ての大名どもがめいめい領土経営に必死となっている。奴らには金が乏しい。しかしやがて金もたまるようになろう。金山銀山を掘り当てる奴もいよう。密貿易をする奴もいよう。商工業をおこしてもうける奴もいよう。天下者たるオレとの金力の差が次第につまってくる。オレは旱天に雨を待つように唐

---

[1] 坂口安吾『坂口安吾全集04』筑摩書房、1998年5月、149頁。

との貿易を待ちこがれ、夢にも現にもその幻に焼けこがされるようになった。[1]

　<u>オレが戦争を起すのは海外統治のためではなくて、ただ貿易再開のため</u>だということを。だからこの戦争はきわめて短時日で終らせるのだ。軍隊をやって威勢を見せて、貿易を再開すれば終りだ。[2]

　秀吉は、諸侯から迫る危機感を感じ、そこから脱出するために明との貿易を再開したく、結局朝鮮出兵に暴走したとある。しかし、世間に応えるための理由としては次のようになっている。

　単なる貿易のために海外に兵をうごかすなどということは日本の常識にはなかったのだ。そのために、オレは貿易のために、ということがどうしても言うことができない。自然、朝鮮征伐、大明征伐と威勢のよい文句で云ってしまう。[3]（『狂人遺書』）

　さらに、『狂人遺書』の中で秀吉が遺書を残す目的を次のように述べている。

　朝鮮へ兵を送る前後から、巷ではオレを狂人と噂していることも知っている。子が死んだので発狂して出兵したと大名どもまで心に思うことも察している。それも事実かも知れぬ。オレにはオレのことが何よりも分らなくなってしまった。だがただ一ツ、何よりも分りすぎて苦しんでいることがある。（略）この一ツだけはまだ誰にも云うたことがなく、この遺書のほかでは死ぬまで必ず誰にも云うまい。<u>オレにはそれが恐しくてたまらなくなった。そこでそれを書きのこしてオレがミセシメになる日の恥</u>

---

[1] 坂口安吾『坂口安吾全集15』筑摩書房、1999年10月、135頁。

[2] 同上　141頁。

[3] 同上、128頁。

をいまわの悸みにしたいと思う気持ちになった。[1]

　それはまた作者安吾は、『狂人遺書』で秀吉が朝鮮出兵を起こした理由を大明征伐ではなく、貿易再開のためにある、ということをどうしても強調したかったのであろう。
　作品における秀吉の明との貿易、および朝鮮出兵の経緯をまとめればこのようになる。諸侯を長らく統治するためには金銭的に優位性を保たなければならないと思っていた秀吉は、明の皇帝から「日本国王」と封じられた形ではなく、明と対等的な関係での貿易再開を期待していた。朝鮮出兵は２回あり、朝鮮についてからの日本軍の和平交渉は６回にわたった。秀吉が貿易再開の和平交渉にこれほど執着したことから、秀吉の朝鮮出兵の目的は朝鮮占領ではなく、明との貿易再開にあることが伺える。
　このように安吾の朝鮮出兵に関する目的は、歴史家の意見と異なるだけではなく、安吾自身の前作『我鬼』の観点とも異なっている。なぜ、安吾は貿易目的とする朝鮮出兵を描いたのであろうか。
　石原道博の研究によると、秀吉の朝鮮出兵（文禄・慶長の役）は江戸時代において悪評であったが、明治時代に入ると、悪評は一掃され、それを日清戦争の歴史的先例として、「膺懲の師・正義の戦・義戦・聖戦として、脚光をあびることとなり、豊国祭、豊国廟の修築なども、大々的に宣伝されることとなった。」[2] 大正時代の国史教科書下巻の挿絵を解説する本『近世感激の国史教育』において、「豊臣秀吉軍船の出発を望む」の章では、その挿絵の目的をこのように解説している。

　　　威風堂々たる出征軍の勇ましき有様を示し、秀吉の雄図及び我が国武
　　人の意気の盛んなる光景を知らしめるために此のさしえを出したものであ
　　る。[3]

---

[1]　坂口安吾『坂口安吾全集 15』筑摩書房、1999 年 10 月、124 頁。

[2]　石原道博『文禄・慶長の役』塙書房、1963 年 7 月、21 頁。

[3]　中野八十八『近世感激の国史教育』啓文社書店、1926 年 11 月、88 頁。

また、同書では秀吉の朝鮮出兵についてこのように評価している。

> 秀吉の考は朝一日一支を打って一丸としようという大きな考を持ったのである。けれども此の挙をして単なる侵略的行動だと断言するのは穏当ではない、若し此の挙をして侵略的であるとするなれば、当時の世界に於ける何れの国も侵略的でないものはないということになる。侵略でも何でもない、時勢なのである。当然なのである。唯その時勢というものが秀吉という人物によって更に拡大されたというまでである[1]

そして、対外侵略戦争突入後、「大東亜共栄圏」を掲げていた軍国政府は、秀吉の朝鮮出兵の「功績」を更に宣伝した。1943年に文部省が発行した『初等科国史　下』の中でも、「扇面の地図」という一節を設け、秀吉の大東亜建設の野望を紹介している。

> 朝鮮の役に際して、秀吉の用いた扇面が、今に伝わっています。一面には、日本と明との日常のことばが、いくつか書き並べてあり、他の一面は、日本・朝鮮・支那の三国をえがいた東亜地図になっています。（略）こうして扇を用いたことは、秀吉が老の身をいとわず、みずから大陸へ渡ろうとしたしるしで、これによっても、その大望と日ごろの心構えが、しのばれるのであります。[2]

つまり、大正時代から戦時下にかけて、秀吉の朝鮮出兵の話は政治に利用されていた。しかし、戦後になると、文禄・慶長の役の話は否定される傾向となった。安吾があえて文禄・慶長の役における秀吉の大東亜建設の野望を通商に切り換えたのは、戦時下の文禄・慶長の役への宣伝に対する否定、さらに「大東亜共栄圏」や戦争そのものへの否定ではなかろうか。

---

[1] 中野八十八『近世感激の国史教育』啓文社書店、1926年11月、96頁。
[2] 文部省『初等科国史　下』東京書籍株式会社、1943年3月、21〜22頁。

1946年の『我鬼』から1955年の『狂人遺書』に至る朝鮮出兵の理由の描き方の変化は、安吾の心象変化に反映されていると考えられる。いうまでもなく、そのきっかけは、1950年の朝鮮戦争勃発であった。朝鮮戦争の勃発およびそれによる日本の再軍備が安吾にもたらした危機感は、『狂人遺書』の秀吉の危機感と化して安吾の心象風景に表象されたと考えられる。

三、「遺書」が表象するもの

『狂人遺書』は、朝鮮出兵と秀吉の養子「秀次殺し」をめぐって描かれている。全篇を読めば、貿易再開のための朝鮮出兵であろうと、秀次殺しであろうと、秀吉の危機感が感じられてくる。作品の最後はこうなっている。

> 身動きもめんどうな死病の床ではなおさら虚勢と見栄が通したい。その代りいまわの時にはクワッと目をひらいて必ず云うぞ。朝鮮の兵隊たちをたのむぞと。一兵も殺すことなく日本へ帰るようにしてやってくれと。そして神々も照覧あれ秀頼の名は決して云わぬぞ。[1]

『狂人遺書』と名付けられたこの作品の核心は、最後の部分の「遺書」にある。この「遺書」の中で、朝鮮出兵した兵隊と自分の子秀頼のことは「ほっとくことができない」としている。たしかに、『狂人遺書』では、秀吉の子である鶴松と秀頼への憂慮がしばしば言及されている。

> 鶴松はまだ二ツだ。この鶴松が一人前の跡とりに育つまでに、すくなくともオレは二十年生き永らえて真に実力ある天下者の富と、天下者の繁栄とを領土あまねく満ちわたらせなければならない。生き永らえる二十年にはオレもなんとなく自信があって、そこに怖れは少なかったが、真に実力ある富と繁栄の段になるとオレはまったく焦り焦らざるを得なかった。[2]

---

[1] 坂口安吾『坂口安吾全集15』筑摩書房、1999年10月、164頁。

[2] 同上、135頁。

奴めは死んだ。オレはその首をみた。三条河原へさらした。謀叛人秀次。とうとう死んだか。秀頼、秀頼、秀頼。豊臣、豊臣、豊臣。やっと関白秀頼。すくすく育て。天下の関白秀頼。父におとらぬ関白に。豊臣秀頼よ。しかしまだオレは安心することはできない。秀次には多くの女がいて多くの子供がいるのだ。その子供らがともかく関白の子供に相違ないということは秀頼にとっては敵だ。
　　「謀叛人秀次の妻妾全部、子供ら全部を殺せ。（略）」
　　オレは厳命を発した。[1]

　以上の二つの段落から分かるのは、長男鶴松が生きていた時の焦りと次男秀頼の時の心配の度合がかなり違うということである。秀次を殺す時の残酷さは、秀吉内心の不安の証拠として表れるが、秀頼への更なる懸念は、秀吉の年齢が上がってきたことと弱ってきた体とに関係がある。その不安は、最大の支えとしての父親が不在になった後に、秀頼の天下が維持できるかどうかにある。秀吉の死で初めて成り立つ遺書には、父を失い、片親だけの秀頼のことが暗示されている。秀吉は死ぬ寸前の病床でこのような夢を見ていた。

　　今日のごろオレが病床で見る夢は秀頼が泣いている夢と、朝鮮の兵隊の幽霊の夢だ。何万という幽霊の夢だ。すると又秀頼が誰も助けにくる人がなく一人ぼっちで泣き叫んでいる夢をみる。それは身をきられるように切ない夢だが、兵隊たちの幽霊の夢はオレの全身の力をくじかせオレの涙のあるだけを流させても足りないような夢であった。[2]（『狂人遺書』）

　おそらく作品を創作した当時、安吾の脳裏に浮かんでいたのは、戦争の産物の一つとしての戦争孤児であろう。戦争は多大な死をもたらしただけではなく、戦争孤児をも大勢作り出した。片親だけの秀頼が朝鮮出兵した兵士に悩まされ

---

[1]　坂口安吾『坂口安吾全集15』筑摩書房、1999年10月、161頁。

[2]　同上、164頁。

つつあるイメージは、孤児が戦争に苛まれることを象徴している。戦後という極限の状況下で、生活のどん底に陥った戦争孤児は、ここでは秀吉の夢の中での、泣いても誰も助けてくれない秀頼に象徴される。

戦後、厚生省が行った「全国孤児一斉調査」（養子縁組、浮浪児、沖縄孤児は調査されなかった）の結果（1948年2月1日）によると、戦災孤児、引揚孤児、一般孤児、棄迷児の4種類の孤児総数は、123,511人[1]であり、そのうち引揚孤児は11,351人となっている。しかも、国内以外に、「満州開拓事業」によって中国やサハリンから引揚できず、現地に取り残された日本人孤児も存在している。2018年10月31日までの厚生労働省の統計[2]によると、中国残留日本人孤児の総数は2,818人であり、サハリン永住帰国者の総数は109人（家族を含めた総数は275人）である。戦争で親と家が奪われ、日本国内において、孤児たちは、教育もまともに受けられないだけでなく、栄養不良の窮地に陥り、病気に悩まされたり、亡くなったり、治安の悪化の原因にもなっていた。終戦は戦争孤児を減らしたわけではなかった。本庄豊は次のように調査している。

> 戦争孤児たちを調べていくと、戦争は終わってからも子どもたちを苦しめるのだということがわかる。いや、兵隊だった父親が戦死し「靖国の遺児」と呼ばれ保護されていた戦中よりも、放置された戦後の方が過酷だったかもしれない。[3]

また、安吾と秀吉の遺書の関係について、磯佳和はこう指摘する。

> 背景としては、安吾数え四十八歳の二十八年八月六日に初めての子綱男が誕生したことも関係があり、安吾自身の境遇と心境も加え、秀吉の遺書

---

[1] http://www.16.plala.or.jp/senso-koji/kojiissei.html （2018年11月11日閲覧）。

[2] 厚生省 https://www.mhlw.go.jp/stf/seisakunitsuite/bunya/bunya/engo/seido02/kojitoukei.html （2018年11月11日閲覧）。

[3] 本庄豊『戦争孤児―「駅の子」たちの思い』新日本出版社、2016年2月、22頁。

という形式に仮託し、作家として内発的に敷衍し、その病理的傾向のある心理の分析を指向した作品である。[1]

　おそらく安吾は、子供が生まれてから、自分の子への愛情から、孤児となって苛酷な状況下にいる子供に無限の同情を寄せ、その感情を秀吉の遺書に託したのではなかろうか。

　しかし、秀吉はなぜ遺書の中で朝鮮の兵士たちのことを「ほっとけない」と書いたのだろうか。無理をした朝鮮出兵と秀次殺しに象徴される秀吉の「狂人」ぶりは、朝鮮出兵に行く兵隊のために泣くこととの間に違和感が生じる。安吾はなぜこのような設定をしたのだろうか。

　秀吉の遺書の中での、朝鮮出兵に参加した兵士に対するやさしさは、安吾の太平洋戦争に参加した兵士への関心の表れと言えるだろう。戦災孤児に対する同情は、またその子たちの親かもしれない兵士への同情に化したとも考えられる。秀吉の夢の中で兵士と秀頼が同時に登場していることは、戦争孤児と関係ないとは言えないだろう。それに、兵士と孤児とは、同じ戦争の被害者であるという点で共通している。『狂人遺書』の中では、兵士の厭戦情緒を次のように描いている。

　　日本の兵隊だって何も好んで海山幾千里もはなれた異境へ戦いにきているわけではないし、朝鮮の兵隊や人民だって自分の町や畑で戦争の起るのを欲しているわけはなかろう。[2]

　　帰りたい、帰りたい、帰りたい。みんなが来る日も来る日もその一念でともかく生きているそうな。もはやオレをたのもうとせず、天をたのんでいるそうな。[3]

---

[1] 磯佳和「狂人遺書」『国文学：解釈と鑑賞別冊　無頼派を読む』至文堂、1998年1月、211頁。

[2] 坂口安吾『坂口安吾全集15』筑摩書房、1999年10月、144頁。

[3] 同上、162頁。

ここは安吾自身の「厭戦」と重なるが、秀吉が言及した朝鮮出兵に参加した兵士たちのことは、終戦後各国から日本へ引揚げ、またその地に残留せざるをえなかった兵士のことを思い出さずにはいられない。特に、ソ連の捕虜となったシベリア抑留者たちのことである。
　「ソ連占領地域よりの邦人引揚に関する統計に就いての総司令部との交渉経緯」は、GHQ の在外日本人引揚に対する消極的な態度を記している。

　　ソ連占領地域よりの邦人引揚に就いては終戦直後より種々総司令部に対し懇請したが、一向埒あかず、寧ろソ連は終戦後より翌年春に亙り其占領各地域より武装解除せられた軍人及一般邦人の一部をシベリアに送り引揚の話には一切取り合わず、結局引揚に関する所謂米ソ協定（中略）が出来たのは昭和二十一年十二月十九日であった。[1]

　このように、GHQ の初期段階における引揚への消極的な態度の下、外地にいた日本人の引揚がある程度遅らされた感は否めない。そして、1947 年に始まった冷戦の影響で、抑留民の引揚は GHQ の対ソ連政策の一環となった。安吾はそれに対して不満だったのだろう。「終戦時海外にあった軍人軍属および一般邦人は、約 660 万人であり、一般邦人はそのうちの約半数を占めていた」[2]。日本総人口（1945 年 11 月 1 日）の 71,998,104 人[3]の 9％ほどを占めているこの数字は無視することができない。GHQ 経済科学局の統計によると、終戦後から 1950 年 9 月までの引揚者数は 6,249,286 人[4]である。95％ほどの在外日本人が戦後引揚げることができたが、まだ 5％ほどの人は日本に戻れなかったのであ

---

[1] 「抑留残留者に関する日本外務省極秘文書」（1949 年 10 月 7 日に作成）、富田武・長勢了治編『シベリア抑留関係資料集成』みすず書房、2017 年 1 月、571 頁。

[2] 厚生省社会・援護局援護 50 年史編集委員会『援護 50 年史』ぎょうせい、1997 年 3 月、28 頁。

[3] 同上、746 頁。

[4] 総理府統計局『国勢調査報告　第八巻・最終報告書』1950 年、136 頁。

る。1959年、「未帰還者に関する特別措置法」が施行された時の未帰還者数は、31,000人[1]であった。外地で亡くなったり、引揚の途中で亡くなったりした以外に、旧ソ連とアジア各国の政府によって強制的に連行され、抑留されたり、自分の意志で引揚げたくなかったりする人もいた。

　『狂人遺書』の最後で、秀吉が朝鮮に出兵した兵士を帰国させるような遺書を書いたことは、太平洋戦争で帰還できず、飢餓、病気などに犯されていたかもしれない残留日本人たちの悲劇を示唆すると同時に、安吾の、政府への不信と残留日本人たちが無事に日本に引揚できることを願ったことの反映であるかもしれない。そして、政府に残留日本人の引揚に責任を尽くせという呼びかけを行ったとも考えられる。

四、再軍備への憂慮

　秀吉の命令によって行われた朝鮮出兵では、日本軍にも明軍、朝鮮軍にも多くの死傷者が出た。

> 苦戦は当然だ。輸送がきわめて不充分だ。寒気と食糧難。これが日本軍に疫病神のように憑いているのだから戦争の勝敗にかかわらず常に大苦戦大困難。栄養失調、ヨロイの下にシラミだけわかした兵隊乞食。草の根をさがして食い泥水をのみ骨と皮ばかりになって悲しい死に方をする者も少なからぬということだ。[2]（『狂人遺書』）

　秀吉による朝鮮出兵は、朝鮮の戦場における二度とも糧食問題に悩まされ、それが勝敗の行方を左右した。太平洋戦争における日本国内外の戦没者数約310万人のうち、軍人軍属は約230万人であるが[3]、藤原彰の研究によると、「こ

---

[1] 厚生省社会・援護局援護50年史編集委員会『援護50年史』ぎょうせい、1997年3月、256頁。

[2] 坂口安吾『坂口安吾全集15』筑摩書房、1999年10月、161頁。

[3] 厚生省社会・援護局援護50年史編集委員会『援護50年史』ぎょうせい、1997年3月、118頁。

の戦争で特徴的なことは、日本軍の戦没者の過半数が戦闘行動による死者、いわゆる名誉の戦死ではなく、餓死であったという事実である」[1]。安吾は、『狂人遺書』を創作した段階で、その事実を知らなかったかもしれないが、第一章で述べたように、彼は、戦時下と戦後の食糧不足を経験している。安吾は、自分で経験した食糧問題を意識的に秀吉が発動した朝鮮出兵に映したと考えられるだろう。戦場だけが無惨な状態になっていたのではなく、銃後の非戦闘員たちも同じく食糧に飢えていた。安吾が『狂人遺書』の中で食糧問題を強く強調したことは、おそらく自分の戦中・戦後体験における食糧不足の問題があったためであろう。

なぜ、安吾は、戦争の残酷さを再現し、遺書の形で我が子＝未来への不安を表象しようとしたのか。おそらくそれは、単なる戦時下の言論統制解禁後の、過去の戦争に対する批判だけではなく、朝鮮戦争に触発され、再度戦争になるかもしれないという予測できない未来への恐怖から来たものでもあろう。朝鮮戦争でマッカーサーは原子爆弾の使用を惜しまないとまで揚言した。安吾は『戦争論』（1948年10月）において原子爆弾についてこのように述べている。

> かくの如くに、戦争の与える利益は甚大なものでもあるが、一九四五年八月六日のバクダン以後は、いささかならず、意味が違う。
>
> このバクダンのエネルギーの正体は、まだ我々には教えられていないが、俗間伝うるところによれば、八月六日や八月九日の比ではなく、一弾の投下によって、日本の一県、乃至、関東平野全域ぐらいに被害を与えることが出来そうな話であり、目下研究中の宇宙線というものが兵器化された場合には、原子バクダンは一挙に旧式兵器と化すほどの神通力があるそうである。[2]

「一九四五年八月六日のバクダン」とはいうまでもなく広島に投下された原子爆弾のことである。『戦争論』の中で、原子爆弾の恐ろしさを述べた後、安

---

[1] 藤原彰『餓死した英霊たち』青木書店、2007年2月、3頁。

[2] 坂口安吾『坂口安吾全集 07』筑摩書房、1998年8月、75頁。

吾はこのような結論を出した。

  兵器の魔力、ここに至る。もはや、戦争をやってはならぬ。断々乎として、否、絶対に、もはや、<u>戦争はやるべきではない。</u>[1]

また、エッセイ集『明日は天気になれ』（1953年）の中の「楽天国の風俗」ではこう述べている。

  新国軍の誕生だの徴兵是非などが新聞雑誌に論議されてワイワイ世論をまき起しているけれども、銃後に原バクがチャンと落ッコッてる今日の戦争において、兵隊と銃後に変りはない。むしろ日本のようにせまい国土においては、もうどこにいても水バクの被害からぬけだすことができない有様で、こうなっては疎開もききゃしない。人間が一まとめに燃えるのを待つようなものだ。[2]

さらに、同エッセイ集の「忍術」の中で次のように語っている。

  原子バクダンの破壊力に至っては、いかなる民族の忍術も魔法もそれを空想することができなかった。
  ピカッと光った瞬間に何キロ四方の人間が大地に己れの影を焼き残して自らは消滅している。同時にあらゆる物体が火をふきだしている。直径何キロのキノコ雲が一天をおおうて殺人力のこもっている黒色の雨を降らせる。恐らく東京の真上でバクハツした水素バクダンは一瞬に千万ちかい人々を殺傷するであろうが、いかに万能の空想力でも、そこまで考えた空想はなかったようだ。（略）
  （略）破壊力が忍術の限界を越えた時が、<u>戦争をやめる時だそうだ。</u>[3]

---

[1]　坂口安吾『坂口安吾全集07』筑摩書房、1998年8月、77頁。

[2]　坂口安吾『坂口安吾全集13』筑摩書房、1999年2月、372頁。

[3]　同上、418頁。

ヒロシマ・ナガサキの原子爆弾の被害者数は、「広島は死者14万人（±1万人）、長崎は死者7万人（±1万人）」[1]である。この残酷な死を前にして、戦争は絶対避けるべきだと安吾は度重ねて語っている。そのような安吾の憂慮は、既述した再軍備に対する国内外の反応と深く関係していた。

朝鮮戦争勃発後、1950年7月、マッカーサーの指令に基づいて創設された国家警察予備隊は、もはや日本国内の治安を維持するためだけのものではなくなり、日本の再軍備そのものであった。その後、警察予備隊は保安隊→陸上自衛隊となり、海上警備隊は警備隊→海上自衛隊と変遷し、1954年になるとさらに航空自衛隊が増設された。しかも、国家警察予備隊の幹部構成についてはこうある。

> 予備隊の幹部は、多く旧内務官僚が占めていたが、再軍備構想は、すべて旧軍人によってたてられており、幹部の旧内務官僚はすべてツンボさじきにおかれていた。そこへ大量の旧軍人が幹部のイスにすわりこんできた。旧内務官僚は、予備隊のなかで浮きあがりはじめた。予備隊へのヘゲモニーは、旧内務官僚の手から旧軍人の手にうつりはじめた。[2]

人員の構成だけではなく、やり方についても旧内務官僚のやり方を受け継いだ。日本政府によるこの一連の軍備拡充への動きは、戦争へ向けての動きとして再び安吾の目に映ったのではなかろうか。また、戦後の日本は、新憲法上、戦争を放棄したが、朝鮮戦争の際、朝鮮戦場へ派遣される米軍の基地、一部の軍需物資の調達地、兵器の修理の場所として大きな役割を果たしたことは、すでに間接的に参戦したことを意味し、憲法違反といえる。国外において、米ソの冷戦の影響で、アメリカは自由陣営を整備するために、1951年8月にフィリピンと『米比相互防衛条約』、9月に日本と『日米安全保障条約』、同月

---

[1] 厚生労働省「原子爆弾被害者対策について」2010年12月、2頁。https://www.mhlw.go.jp/stf/shingi/2r9852000000ycu7-att/2r9852000000yczt.pdf（2019年5月18日閲覧）。

[2] 信夫清三郎『戦後日本政治史Ⅳ』勁草書房、1982年12月、1349頁。

にオーストラリア・ニュージーランドと『太平洋安全保障条約 (ANZUS)』、1953年8月に韓国と『米韓相互防衛条約』などを立て続けに結んだ。日本の再軍備に対して、日本国内においては国民からの反対の声が大きく、平和運動も多かった。国外においては、アジア諸国と大洋州の国々からも懸念の声があがっていた。

日本の再軍備に国内外から不満の声があがる情勢の下、安吾は『もう軍備はいらない』（1952年10月）において三節に分けて再軍備するべきではない理由を述べている。第一節は主に自分が戦争末期に経験した東京空襲の残虐さを語ったうえで、戦争の本質を「人を殺すのが戦争じゃないか。戦争とは人を殺すことなんだ」とまとめている。第二節では、泥棒が貧乏の家に盗みに行かないように、日本はすでに侵略されない国になっていて、他国に侵略されることはないので、再軍備する必要がないと述べる。

> ピストルやダンビラを枕もとに並べ、用心棒や猛犬を飼って国防を厳にする必要があるのは金持のことである。今の日本が金持と同じように持つことができるものは、そして失う心配があるものは、自由とイノチぐらいのものじゃないか。ところが、戦争ぐらいその自由もイノチも奪うものは有りやしない。[1]

第三節においては、豊かな生活こそ本当の文明であり、誰にも盗まれることなく、人間はそれを守るために戦争をしなくなる。そのために、「人に無理強いされた憲法」に拘らずに軍備を放棄すべきであると述べた。

安吾は1940年に書いたエッセイ『鉄砲』の中で、戦時下の皇国史観を中心とする精神主義を重視したことに対し、合理主義の化身である信長精神を称え、最後に「今我々に必要なのは信長の精神である。飛行機をつくれ。それのみ勝つ道だ」と文章を締めくくった。その後、小説『織田信長』（1948年）と小説『信長』（1952年）を創作し、「鉄砲」を繰り返し強調し、「信長精神」を重視した。「鉄砲」と「信長」の関連づけでは、「信長」における近代合理主義精神と戦

---

[1] 坂口安吾『坂口安吾全集12』筑摩書房、1999年1月、540頁。

時下の精神主義との対比という文脈で論じることが多い。たとえば、黒崎力弥はこう指摘する。

> 太平洋戦争中、日本軍は戦艦大和に見られるように大艦巨砲主義が続いており、空母と攻撃機の生産に力を注いでいなかった。大艦巨砲主義という古い観念にとらわれ、空中戦を軽視している日本のやり方に疑問を感じた安吾が、「信長精神」を持てと発している。[1]

確かに、『信長』における合理主義は戦時下の精神主義と対照的なものとしてくり返し検討されてきたが、『信長』が創作された時期（1952年）を合わせて考えると、『信長』における合理主義に当時の日本の再軍備への批判が投影されているのではないかと考えられる。

安吾は、当時の国際情勢を分析したうえで、日本にとっても世界各国にとっても軍備放棄こそが一番の合理主義的な行為である、という結論を出した。これこそが『信長』（1952年10月）の意味ではなかろうか。日本および自由陣営圏の再軍備こそ安吾にとっての「信長の精神は全く死滅した」ことになるのではないだろうか。軍備放棄の主張は、安吾の懸念の表情であるが、それが『狂人遺書』で「オレが死ねば秀頼はどうなるのだ」の一言に集約される。

我が子への懸念を基調とする『狂人遺書』は、1950年に勃発した朝鮮戦争、またそれに伴う日本の再軍備・再度の戦争への懸念の心象として描かれたものである。この意味で再軍備に反対する理念として集約されたエッセイ『もう軍備はいらない』は、『狂人遺書』とはセットになると言えるかもしれない。朝鮮戦争、自由陣営の再軍備、日本の再軍備・再度の戦争への動向などの情勢の前で、安吾は再び戦争の気配を感じたため、作品の中で朝鮮出兵の残酷さを再現することで読者に再び戦争を見つめさせ、反省させようとしたのではなかろうか。安吾は、戦後の激動がもたらした不安を「狂人」秀吉にではなく、その「遺書」に託していたのである。

---

[1] 黒崎力弥「坂口安吾『信長』論―安吾と信長の一体化」『東洋大学大学院紀要』37、文学（国文学）研究、2000年、130頁。

> **まとめ**

　安吾にとって、戦後十年間は、日本の民主化への模索期間だと言える。終戦直後、日本人が直面したのは、アメリカが主導するGHQによる占領である。領土の占領にとどまらず、性の占領も含まれたGHQによる占領は、日本人男性にコンプレックスを与えた一方、民主政策の実施のおかげで、日本を民主国家の道へと歩ませた。『女体』に描かれた男性の憂鬱は、女性の性が占領された憂鬱であり、女性の性が解放された憂鬱でもあり、また、民主化政策の実施による男性特権の終結への憂鬱でもある。この意味で『女体』に描かれたのは「解放」だと言える。

　戦後改革の中の大事な一環としては憲法および一連の法律の改正がある。天皇を中心とする帝国憲法から民主憲法への変革で、天皇は人間となり、天皇制を基盤としていた家制度が崩壊した。戦争を支えた家制度への批判から、安吾は『外套と青空』の中で戦時下の家制度の虚偽性を描き、戦後家制度の崩壊と接しようとした。戦後の法律改正で、財産狙いの新たな犯罪の出現を描いたのは『不連続殺人事件』である。安吾は、占領による新たに出現した民衆の精神状態、社会現象などを通じて終戦直後の日本社会の世相を描きだした。

　1950年の朝鮮戦争の勃発で、戦争の記憶が安吾の中で蘇り、再度の戦争への憂慮から安吾は自分なりに抵抗した。安吾にとって、5年前に終結した戦争は、天皇制のもとで行ったもので、再度の戦争の可能性の前に、安吾は象徴天皇制への可能性について再び考えていた。「神サマを生んだ人々」は、民衆の神への狂信ぶりを描き、天皇が再び政治に利用されることの恐怖を訴えた。そして、『狂人遺書』において、戦争の怖さ、終戦後の戦争遺留問題を描き、戦争の残酷さを読者の前に再現した。

　1955年に安吾の急死で未完成の作品を残したことは残念であるが、このように戦後の安吾の文筆軌跡からは安吾の民主化改革、戦争のない世界への努力が読み取れるのである。

終章

　本書は安吾の文学活動を通じて安吾の戦争観を分析したものである。具体的な内容は以下のようにまとめられる。

　序章では、安吾の生涯を紹介した後、安吾研究に関する先行研究をまとめた。

　第一章では、戦時下の代表作品二作を中心に考察した。『盗まれた手紙の話』では、作品における精神病院という空間の意味と精神病院内における医師不在の意味を分析したことで、1940年の時点で安吾が精神病をテーマとした作品の意図を明らかにした。つまり、精神病院内は総動員体制下における統制された場所であり、病院外は統制されない場所を表象する。精神病医師が権威や差別の表象であり、作品の中の精神病院内に医師が不在していたことは、差別、ひいては戦時下体制側のアジア諸国蔑視がなくなり、さらに、自民族中心主義のもとで行った対外戦争がないことを表象する。安吾は精神病を扱うことで、戦争を支えていた皇国史観を批判し、平和への期待を寄せた。『イノチガケ』では、切支丹たちを殉教させる宣教師への批判を通じて、戦時下、兵士たちを死なせた体制側を批判した。そして、国策文学しか認められない戦時下、安吾があえて歴史小説を描いたこと自体は、皇国史観への抵抗であった。このように、第一章では、安吾が戦時下、対外侵略戦争の理論としての皇国史観を中心に批判したことを鮮明にした。

第二章では、終戦から安吾逝去までの十年間の文学を分析した。この章は、朝鮮戦争を区切りとして、二節に分けて分析している。第一節では、朝鮮戦争勃発前の作品、『白痴』、『外套と青空』、『女体』、『不連続殺人事件』を分析した。この四作品では、終戦後、民主改革による社会変革を通じ、安吾の民主政策の支持ぶりを描き出した。第二節では、朝鮮戦争勃発後の作品を取り上げて論じた。『明治開化安吾捕物帖』の「狼大明神」と『神サマを生んだ人々』は、天皇制が再び利用されることへの憂慮、『狂人遺書』は秀吉による朝鮮出兵に表象された戦争への懸念、安吾の再軍備への懸念と批判を描き出した。この二節で構成された第二章では、民主改革、解放への支持ぶりと再軍備の批判を描くことで安吾の戦争否定の態度を明らかにした。

　論文はここで終わるが、論文の中にはまだ研究が足りない部分がある。たとえば、「安吾の新日本地理」シリーズ、「安吾史譚」シリーズにおける安吾独特の歴史観、『明治開化捕物帖』における「明治」と「犯罪」の意味についてはまだ研究の余地がある。これを研究したうえで、安吾の戦争観研究を今後の課題としていきたい。

参考資料

和文著書

1. 池内宏『文禄慶長の役』正篇第一、丸善、1914年8月
2. 徳富蘇峰『近世日本国民史　豊臣氏時代丁篇・朝鮮役』上巻、民友社、1921年10月
3. 中野八十八『近世感激の国史教育』啓文社書店、1926年11月
4. 『国体の本義』文部省、1937年3月
5. 京口元吉『秀吉の朝鮮経略（日本歴史文庫）』白揚社、1939年12月
6. 末川博『総動員法体制』有斐閣、1940年7月
7. 内務省警保局『警察教科書　大日本帝国憲法』1942年
8. 大政翼賛会文化部編『母性の保護』翼賛図書刊行会、1942年
9. 文部省『初等科国史　下』東京書籍株式会社、1943年3月
10. 総理府統計局『国勢調査報告　第八巻・最終報告書』1950年
11. 美濃部達吉『日本国憲法原論』有斐閣、1954年9月
12. 石原道博『文禄・慶長の役』塙書房、1963年7月
13. 浅田晃彦『坂口安吾桐生日記』上毛新聞社、1969年
14. 川島武宜『イデオロギーとしての家族制度』岩波書店、1970年11月

15. 防衛庁防衛研修所戦史室『戦史叢書　陸軍航空の軍備と運用〈1〉』朝雲新聞社、1971年12月

16. 森安理文『偉大なる落伍者坂口安吾』社会思想社、1972年9月

17. 精神科医全国共闘会議『国家と狂気』田畑書店、1972年9月

18. 文部省『学制百年史』帝国地方行政学会、1972年10月

19. 兵藤正之助『坂口安吾論』冬樹社、1972年12月

20. 平野謙『昭和文学史』筑摩書房、1973年6月

21. 佐藤邦彰『坂口安吾』浪漫主義文学研究会、1976年

22. 関井光男編『坂口安吾の世界』冬樹社、1976年

23. 村上護『聖なる無頼：坂口安吾の生涯』講談社、1976年

24. 若園清太郎『わが坂口安吾』昭和出版、1976年

25. 鵜飼伸成『憲法における象徴と代表』岩波書店、1977年5月

26. 高畠通敏編『討論・戦後日本の政治思想』三一書房、1977年11月

27. 杉森久英『小説坂口安吾』河出書房新社、1978年

28. 日本文学研究資料刊行会編『石川淳・坂口安吾』有精堂出版、1978年

29. 桑島節郎『満州武装移民』教育社、1979年5月

30. ドウス昌代『敗者の贈物』講談社、1979年7月

31. 一番ケ瀬康子編集・解説『日本婦人問題資料集成　第六巻＝保健・福祉』ドメス出版、1979年11月

32. 佐橘文寿『坂口安吾：その生と死』春秋社、1980年

33. 大越嘉七『井伏鱒二の文学』法政大学出版局、1980年9月

34. 竹内靖雄『父性なき国家・日本の活路』PHP研究所、1981年2月

35. 海老沢有道『キリシタンの弾圧と抵抗』雄山閣出版、1981年5月

36. 市川房枝編集・解説『日本婦人問題資料集成　第二巻・政治』ドメス出版、1981年11月

37. 信夫清三郎『戦後日本政治史Ⅳ』勁草書房、1982年12月

38. 鹿野政直『戦前・「家」の思想』創文社、1983年4月

39. 西村成雄『中国近代東北地域史研究』法律文化社、1984年12月

40. 浅子逸男『坂口安吾私論：虚空に舞う花』有精堂出版、1985年

41. 藤井忠俊『国防婦人会』岩波新書、1985年4月

42. 小川弘幸『甦る坂口安吾』神田印刷企画室、1986 年
43. 村上護『安吾風来記：ファルスの求道者』新書館、1986 年
44. 井伏鱒二『山椒魚・遥拝隊長　他七編』岩波文庫、1988 年 7 月
45. 永原慶二『皇国史観』（岩波ブックレット　ＮＯ. 20）岩波書店、1988 年 12 月
46. 坂口安吾著・川村湊解説『信長　イノチガケ』講談社・文芸文庫、1989 年 10 月
47. 木村弘一『安吾と檀』檸檬社、1989 年 8 月
48. 野原一夫『人間坂口安吾』新潮社、1991 年 9 月
49. 庄司肇『坂口安吾論集成』沖積舎、1992 年
50. 荻野アンナ『アイ・ラブ安吾』朝日新聞、1992 年 2 月
51. 松村晴路『家族と婚姻　日本の家族関係（Ⅰ）』杉山書店、1992 年 3 月
52. 相馬正一『若き日の坂口安吾』洋々社、1992 年 10 月
53. 我妻栄・有泉亨『民法 3　親族法・相続法』一粒社、1993 年 2 月
54. 若月忠信『坂口安吾の旅』春秋社、1994 年 7 月
55. 井上節子『占領軍慰安所：国家による売春施設 敗戦秘史』新評論、1995 年 8 月
56. 坂口三千代『追憶　坂口安吾』筑摩書房、1995 年 11 月
57. 柄谷行人『坂口安吾と中上健次』太田出版、1996 年
58. 海野一隆『地図の文化史』八坂書房、1996 年 2 月
59. 奥野健男『坂口安吾』文春文庫、1996 年 10 月
60. 厚生省社会・援護局援護 50 年史編集委員会『援護 50 年史』ぎょうせい、1997 年 3 月
61. 升味準之輔『昭和天皇とその時代』山川出版社、1998 年 5 月
62. 笠井潔『探偵小説論Ⅰ　氾濫の形式』東京創元社、1998 年 12 月
63. Ｌ・ヤング著、加藤陽子ら訳『総動員帝国』岩波書店、2001 年 2 月
64. 原武史『可視化された帝国』みすず書房、2001 年 7 月
65. 七北数人『評伝坂口安吾：魂の事件簿』集英社、2002 年
66. 坂口安吾研究会『越境する安吾』ゆまに書房、2002 年 9 月 25 日

67. ミシェル・フーコー著・慎改康之訳『異常者たち』筑摩書房、2002年10月

68. 劉大年編、曽田三郎ら訳『中国抗日戦争史』桜井書店、2002年11月

69. 中野毅『戦後日本の宗教と政治』大明堂、2003年3月

70. 川口恵美子『戦争未亡人　被害と加害のはざまで』ドメス出版、2003年4月

71. 檀一雄『太宰と安吾』バジリコ、2003年5月

72. 庄司肇『坂口安吾』沖積舎、2003年6月

73. 矢島裕紀彦『鉄棒する漱石、ハイジャンプの安吾』日本放送出版協会、2003年8月

74. 野崎六助『安吾探偵控』東京創元社、2003年9月

75. 後藤道夫ら編『講座　戦争と現代4　ナショナリズムと戦争』大月書店、2004年7月

76. 坂口安吾研究会『安吾からの挑戦状』ゆまに書房、2004年11月

77. 加納実紀代『戦後史とジェンダー』インパクト出版会、2005年

78. 田村泰次郎『田村泰次郎選集3』日本図書センター、2005年4月

79. 花田俊典『坂口安吾生成　笑劇・悲劇・脱構築』白地社、2005年6月

80. 小林利裕『坂口安吾』近代文芸社、2005年

81. 中村政則ら編『戦後思想と社会意識』岩波書店、2005年7月

82. 野崎六助『イノチガケ　安吾探偵控』東京創元社、2005年11月

83. 今井修編『津田左右吉歴史論集』岩波文庫、2006年8月

84. マイク・モラスキー著・鈴木直子訳『占領の記憶／記憶の占領』青土社、2006年

85. 出口裕弘『坂口安吾百歳の異端児』新潮社、2006年

86. 相馬正一『坂口安吾：戦後を駆け抜けた男』人文書館、2006年

87. 藤原彰『餓死した英霊たち』青木書店、2007年2月

88. 恵泉女学園大学平和文化研究所・編『占領と性―政策・実態・表象』インパクト出版、2007年5月

89. 佐々木滋子『狂気と権力―フーコーの精神医学批判』2007年5月、水声社

90. 遊佐道子著・袞輪顕量訳『日本の宗教』春秋社、2007年12月

91. 五十嵐恵邦『敗戦の記憶―身体・文化・物語　1945―1970』中央公論新社、2007年12月

92. 長谷川亮一『「皇国史観」という問題』白澤社、2008年1月

93. 昆野伸幸『近代日本の国体論』ぺりかん社、2008年5月

94. 笠井潔『探偵小説論Ⅲ　昭和の死』東京創元社、2008年10月

95. 半藤一利『坂口安吾と太平洋戦争』PHP研究所、2009年2月

96. 河西秀哉『「象徴天皇」の戦後史』講談社、2010年2月

97. 山口昭男発行『岩波　基本六法　平成24年（2012）年版』岩波書店、2011年10月

98. 原卓史『坂口安吾　歴史を探偵すること』双文社、2013年5月

99. 坂口安吾研究会『坂口安吾　復興期の精神』双文社、2013年5月

100. 大橋幸泰『潜伏キリシタン』講談社、2014年5月

101. 山本武利監修、永井良和編『占領期生活世相誌資料Ⅰ　敗戦と暮らし』新曜社、2014年8月

102. 宮澤隆義『坂口安吾の未来』新曜社、2015年2月

103. 島田裕巳『戦後日本の宗教史』筑摩書房、2015年7月

104. 本庄豊『戦争孤児―「駅の子」たちの思い』新日本出版社、2016年2月

105. 関根謙『抵抗の文学』慶應義塾大学出版会株式会社、2016年3月

106. 佐々木中『戦争と一人の作家：坂口安吾論』河出書房新社、2016年

107. 富田武・長勢了治編『シベリア抑留関係資料集成』みすず書房、2017年1月

108. 柄谷行人『坂口安吾論』インスクリプト、2017年10月

論文

1. M・M「「文学界」「新潮」作品評」『文芸』8（10）、1940年

2. 東郷克美「井伏鱒二素描―「山椒魚」から「遥拝隊長」へ―」『日本近代文学』5、1966年

3. 島田昭男「「真珠」論」『日本文学』21(8)、1972年8月

4. 野口武彦「毒婦物の系譜」『国文学　解釈と教材の研究』21（10）、1976年8月

5. 花田俊典「「吹雪物語」序説―坂口安吾における知性敗北の論理」『文学研究』77、1980年3月

6. 花田俊典「〈健康な肉体〉の発見―坂口安吾「女体」から「恋をしに行く」へ」『語文研究』52.53号、1982年6月

7. 渡辺ふさ枝「坂口安吾断章―「イノチガケ」の頃」『日本文学誌要』34、1986年6月

8. 笠井潔「第4の選択―「真珠」と「日本文化私観」」『現代思想』18(8)、1990年8月

9. 浅子逸男「坂口安吾の歴史小説―「二流の人」から、「信長」へ―」『花園大学国文学論究』18、1990年10月

10. 川村湊「坂口安吾の歴史観」『国文学：解釈と鑑賞』58（2）、1993年2月

11. 安楽良弘「『道鏡』」『国文学　解釈と鑑賞』58（2）、1993年2月

12. 藤原耕作「坂口安吾「島原の乱」をめぐって」『敍説：文学批評』15、敍説舎、1997年8月

13. 磯佳和「狂人遺書」『国文学：解釈と鑑賞』（別冊『無頼派を読む』）1998年1月

14. 鬼頭七美「『不連続殺人事件』のトリックとロジック―その文芸性をめぐって―」『国文目白』（37）1998年2月

15. 加瀬健治「坂口安吾「吹雪物語」のモチーフと牧野信一」『昭和文学研究』(38)、1999年3月

16. 浅子逸男「切支丹と坂口安吾」『国文学解釈と鑑賞』（別冊『坂口安吾と日本文化』）1999年9月

17. 十重田裕一「坂口安吾の豊臣秀吉」『国文学解釈と鑑賞』（別冊『坂口安吾と日本文化』）至文堂、1999年9月

18. 藤原耕作「坂口安吾文学における『不連続殺人事件』の位置」『近代文学論集』（26）、2000年

19. 黒崎力弥「坂口安吾「信長」論―安吾と信長の一体化」『東洋大学大学院紀要』37、2000年

20. 大原祐治「坂口安吾『吹雪物語』論序説—〈ふるさと〉を語るために」『日本近代文学』62、2000年5月

21. 菊田均「狂人遺書」『国文学解釈と鑑賞』（別冊　坂口安吾事典作品編）2001年9月

22. 林淑美「坂口安吾と戸坂潤—「堕落論」と「道徳論」の間—」『文学』3（2）、岩波書店、2002年3、4月号

23. 関谷一郎「「イノチガケ」小論—安吾の書法」『国文学：解釈と鑑賞』71（11）、2006年11月

24. 押野武志「不連続殺人事件—本格ミステリと叙述トリック」『国文学　解釈と鑑賞』71(11)、2006年11月

25. 宮澤隆義「「トリック」の存在論：坂口安吾『不連続殺人事件』とその周辺」『昭和文学研究』66、2013年3月

26. 藤原耕作「坂口安吾「イノチガケ」論」『国語と国文学』90（10）、2013年10月

27. 塚田幸光「「性」を〈縛る〉—GHQ、検閲、田村泰次郎「肉体の門」—」『関西学院大学　先端社会研究所紀要』11、2014年3月

28. 林淑美「安吾の反家庭論—二つの「堕落論」の間—あるいは「青鬼の褌を洗ふ女」続論として—」『坂口安吾研究』2、2016年3月

29. 渡邊史郎「堕落の困難—安吾のなかの天皇とその周辺」『坂口安吾研究』3、2017年3月

30. 岸本梨沙「坂口安吾「狂人遺書」論」『成蹊国文』51、2018年3月

中国語文献

1. 秦孝仪　《蒋总统集　第一册》　中华大典编印会　1974年10月

2. 刘大年等主编　《中国·兴枢纽——抗日战争的八年》　北京出版社　2015年8月

あとがき

　本書は、広島大学より学位を授予された博士論文をもとに「加除修正」したものである。本書が形になるまで多くの方々のお世話になりました。
　まず、主指導である佐藤利行先生に厚く御礼申し上げます。佐藤先生はご多忙の身にも関わらず、いつも貴重なご指導をくださいました。華中師範大学時代から続く長年にわたる黒古一夫先生に感謝します。広島大学在学中には副指導の溝渕園子先生と有元伸子先生のゼミにも参加させていただき、大変勉強になりました。また、中村平先生にはいつも本を貸していただいたり、ご意見をいただいたりと、お世話になりました。先生方には感謝の念が尽きません。
　また、留学を長年支持してくれた両親にも感謝したいと思います。両親の資金面でのサポート、精神的な支えがなければ博士論文を完成することはできませんでした。心から感謝します。
　さらに、同研究室の学生さんからはいつもやさしく応援していただき、充実した留学生活を送ることができました。異国の地で、素敵な仲間と出会え、感謝しております。
　最後に、もう一度お世話になったすべての方々に厚く御礼申し上げます。